Anette Judersleben

Die gebürtige Schwäbin, Jahrgang 1965, lebt seit 1993 mit ihrer Familie in der Nähe von Köln. Sie schreibt u.a. Kurzgeschichten und für Zeitschriften, doch der Schwerpunkt ihrer literarischen Tätigkeit liegt auf Liebesromanen mit Herz, Hirn und Humor.
Weitere Informationen über die Autorin finden Sie unter: www.judersleben.de

Zu diesem Buch:
Ein Autor denkt sich meistens seine Figuren aus. Manchmal tauchen sie allerdings auch von selbst auf. So erging es mir mit Garett Parker. Er war einfach plötzlich da, in meinem Kopf. Anfangs noch etwas schemenhaft, doch rasch bekam ich ein klares Bild von ihm und so entschied ich mich, seine Geschichte aufzuschreiben. Da ich allerdings nicht gewillt war, zur Recherche in die Vereinigten Staaten zu fliegen, habe ich ihm kurzerhand einen Job in Köln besorgt und ihn so nach Deutschland gelockt. Nun musste ich nur noch sein brachliegendes Liebesleben wieder aktivieren. Das war gar nicht so einfach; anfangs hat er sich total dagegen gesperrt, doch ich blieb hartnäckig. Dieser Mann, der mir schnell ans Herz gewachsen war, sollte sein Happyend bekommen. Es hat mir außerordentlich viel Freude bereitet, ihn auf diesem Weg zu begleiten und ich hoffe, dass es meinen Lesern und Leserinnen genauso geht.

Gewidmet meinen Kindern.
Fünf einzigartige Persönlichkeiten. Ich liebe euch!

Anette Judersleben

Plötzlich auf Liebe programmiert....

www.tredition.de

Impressum

© 2015 Anette Judersleben
Covergestaltung: TJ Design
Lektorat, Korrektorat: Sophia Hein, Herbert Müller
Autorenfoto: Privat
Köln-Foto Rückseite: pappnas-photo.de

Verlag: tredition GmbH, Hamburg

ISBN:
Paperback: 978-3-7323-6468-8
e-Book: 978-3-7323-6469-5
Printed in Germany

Prolog

„Bis heute Abend, ich liebe dich."

Garett küsste seine Frau ein letztes Mal und sprintete dann zu seinem Wagen. Er war viel zu spät dran, aber das war ihm egal, denn es gab einen himmlischen Grund dafür. Normalerweise lehnte Rebecca Sex am frühen Morgen ab. Vorhin jedoch hatte sie ihn überrascht. „Ich sehne mich nach dir", flüsterte sie ihm mit heiserer Stimme zu, nachdem der Wecker geklingelt hatte. „Lieb mich, Garett." Nur zu gern war er ihrem Wunsch nachgekommen.

Wer hätte gedacht, dass Schwangerschaftshormone derart positive Auswirkungen haben können, dachte er nun und grinste sich zufrieden im Rückspiegel an. „Garett Parker, du bist ein verdammt glücklicher Mann." Er wurde Vater! Becky war jetzt im dritten Monat; es ging ihr hervorragend. Und beruflich lief bei ihm auch alles bestens. Das Leben war wunderbar!

Sein Glücksgefühl hielt den ganzen Morgen an und sorgte dafür, dass ihm die Arbeit noch leichter von der Hand ging als sonst. Kurz vor Elf machte er gerade eine kurze Pause, da klopfte es an seiner Tür und Maureen, die Assistentin seines Teamleiters kam herein.

„Entschuldige die Störung", sagte sie mit besorgter Miene, „aber vorne bei mir stehen zwei Detectives, die dich sprechen wollen."

„Detectives?" wiederholte Garett verdutzt. Was wollte denn die Polizei von ihm? Er war ein unbescholtener Bürger! Wahrscheinlich handelte es sich um einen Irrtum. „Okay, schick sie rein", sagte er stirnrunzelnd zu Maureen, rückte die Krawatte zurecht und erhob sich.

Aber es war kein Irrtum. Zwei Minuten später brach er weinend neben seinem Schreibtisch zusammen. „Neeiin!!" Doch sein verzweifelter Schrei änderte nichts an der grausamen Wahrheit: Sein wunderbares Leben hatte sich soeben in die Hölle verwandelt.

Kapitel 1

Garett bückte sich und stellte die rote Rose in die schlichte Vase, die vorne auf der Grabplatte stand. In der protzig-kitschigen dahinter, steckte das neue Bukett seiner Ex-Schwiegereltern. Sie sandten jeden Monat einen Strauß über einen Blumenversand. Es war das einzige Lebenszeichen, das er regelmäßig von ihnen erhielt. Die beiden hatten ihn nie akzeptiert; diesen „verdammten Yankee", der ihre jüngste Tochter geheiratet und diese aus dem warmen Süden in den kühlen, fernen Norden „entführt" hatte. Bei der Beerdigung von Rebecca hatten sie kein einziges Wort mit Garett gesprochen und sich seither nie wieder gemeldet. Es war ihm gleichgültig. Nicht sie waren es, die ihm fehlten.

Mit starrer Miene schaute er auf den Grabstein. Becky wäre heute 34 Jahre alt geworden. Würde sie noch leben, säßen sie jetzt gemeinsam mit ihrer Tochter oder dem Sohn fröhlich am Frühstückstisch. Doch sie war tot. Genauso wie sein Kind, das er nie in den Armen gehalten hatte. Garett schluckte schwer und wandte sich ab. Es war sinnlos, länger zu bleiben. Anfangs war er täglich hier gewesen, verzweifelt schluchzend. Mittlerweile kam er nur noch selten her und geweint hatte er schon lange nicht mehr. Die abgrundtiefe Trauer war im Laufe der Zeit einer gedämpften Melancholie gewichen, die ihn wahrscheinlich für den Rest seines Lebens begleiten würde.

Langsam ging er durch die Gräberreihen zurück zum Parkplatz, stieg in seinen Wagen und machte sofort das Radio an. Stille ertrug er heute nicht. In seinem Appartement angekommen, schaltete er den Fernseher ein und setzte sich an den Laptop. Er musste sich ablenken, diesen Tag irgendwie überstehen. Viele Stunden lang arbeitete er hochkonzentriert, ohne Pause. Sein Smartphone klingelte einmal, doch das ignorierte er geflissentlich. Alle, die ihn kannten, wussten, dass er heute mit niemandem sprechen wollte.

Angesichts dessen, was er durchgemacht hatte, war Garett größtenteils stabil, aber an drei Tagen im Jahr kapselte er sich nach wie vor von der Umwelt ab. An Beckys Geburtstag, der diesmal auf einen Samstag fiel. So hatte er wenigstens keinen Urlaub dafür nehmen müssen. Der zweite Termin war ihr Hochzeitstag im Mai. Den sechsten hatten er und Rebecca damals noch glücklich miteinander gefeiert. Mit einem romantischen Dinner, dem eine leidenschaftliche Nacht folgte. Nur knapp vier Monate danach, am späten Morgen des 18. September, war seine persönliche Apokalypse über ihn hereingebrochen. Dreieinhalb Jahre waren seither vergangen. Eine lange Zeit, doch sie hatte seine Wunden nicht wirklich geheilt. Er hatte bloß gelernt, mit ihnen zu leben.

Garett speicherte die Programmierung, die er durchgeführt hatte und ging in die Küche, um sich einen weiteren Kaffee zu holen. Im Display des Smartphones sah er, dass er eine Nachricht auf der Mailbox hatte.

„In Gedanken bin ich bei dir. Ich liebe dich."

Die vertraute, liebevolle Stimme entlockte ihm ein Lächeln. Seine Mum! Was hätte er nur ohne sie getan, in jenen ersten Tagen und Wochen nach dem entsetzlichen Schicksalsschlag?

Garett war damals, nachdem er von Rebeccas Tod erfahren hatte, in eine Klinik eingeliefert worden, denn er, der sonst so ruhig und ausgeglichen war, rastete völlig aus in seinem Schmerz. „Der Mann ist hochgradig Suizid gefährdet", sagte die Ärztin in der Notaufnahme und ordnete an, ihn ans Bett zu binden. Drei Pfleger waren hierfür nötig gewesen. „Lasst mich los! Ich will hier raus! Ich will auch sterben!!", schrie Garett, doch sie überwältigten ihn schließlich und eine äußerst schmerzhafte Beruhigungsspritze senkte gnädige Dunkelheit auf ihn. Als er Stunden später erwachte, saß seine Mutter am Bett. Maureen hatte sie darüber informiert, was geschehen war und Sheila Parker war sofort losgefahren.

„Mum, oh mein Gott, Mum, ich ertrage es nicht." Garett weinte schier endlos in ihren Armen, bis er irgendwann erneut einschlief; gänzlich erschöpft und doch getröstet. Er war nicht länger allein.

Während er schlief, handelte seine Mutter. Sie rief in der High-School an, an der sie unterrichtete und ließ sich für drei Wochen beurlauben. Resolut erklärte sie danach der Ärztin, dass ihr Sohn sich garantiert nichts antun würde und verlangte dessen Entlassung noch am selben Tag. „Ich übernehme die volle Verantwortung." Widerstrebend gab die Ärztin nach. Mit einer Packung Valium und der Visitenkarte eines erfahrenen Psychologen in der Jackentasche, betrat Garett am frühen Abend gemeinsam mit seiner Mutter den Bungalow, den er und Becky erst vor einem halben Jahr gekauft hatten. Die furchtbare Stille darin und das grausame Wissen, niemals mehr von seiner geliebten Frau begrüßt zu werden, lösten einen weiteren, stundenlangen Weinkrampf bei ihm aus. Die Tage darauf hatte Garett nur nebelhaft in Erinnerung. Etliche Nachbarn und Arbeitskollegen kamen vorbei, aber seine Mutter schickte sie weg, denn er wollte niemanden sehen. Irgendwie überstand er die Beerdigung, vollgepumpt mit Valium. Danach hatte seine Mutter die Tabletten entsorgt. „Du musst dich deinem neuen Leben stellen, Garett."

Was soll das für ein Leben werden, hatte er betäubt gedacht und doch gewusst, dass sie Recht hatte. Eine Woche später suchte er erstmals den Psychologen auf, der ihm riet, möglichst bald wieder arbeiten zu gehen. Garett folgte diesem Rat ebenso wie dem seiner Mum, den Bungalow zu verkaufen. Kurz nach ihrer Abreise war er in sein jetziges Appartement eingezogen und ging wieder täglich in die Firma.

Der Weg aus der Trauer war lang und sehr, sehr mühsam gewesen. Es dauerte Monate, ehe er das erste Mal wieder gelächelt hatte. Mittlerweile gab es in seinem Leben aber auch häufig wieder fröhliche, unbeschwerte Momente, das konnte Garett nicht bestreiten. Am vergangenen Samstag war er gemeinsam mit drei Arbeitskollegen in einer Country-Kneipe gewesen. Der lustig-feuchte Abend dort gipfelte darin, dass sie den Taxifahrer, der sie nach Hause fuhr, beinahe in den Wahnsinn trieben, weil sie vierstimmig und schrecklich schief Songs von *Jonny Cash* gegrölt hatten.

Bei der Erinnerung daran musste Garett unweigerlich grinsen. Das nahm dem heutigen Tag etwas von seiner Traurigkeit. Dankbar dafür, schlenderte er zurück ins Wohnzimmer und setzte sich wieder an den Laptop.

Maureen telefonierte, als er am Montagmorgen in die Firma kam. Sie winkte ihm und zeigte mit befehlender Geste auf die Tüte, die vor ihr auf dem Schreibtisch lag. Garett lachte ertappt und nahm gehorsam einen Donut heraus. Es war unheimlich, aber die mollige Assistentin seines Teamleiters besaß einen siebten Sinn dafür, wenn er morgens nichts aß, was häufig vorkam. Das gemeinsame Frühstück mit Becky war eines der Dinge, die er am meisten vermisste.

Um halb elf fuhr er mit dem Aufzug hoch in den dritten Stock zum wöchentlichen Meeting. Im zweiten stieg ein Kollege aus einem anderen Team zu und begrüßte ihn freundlich. „Guten Morgen, Garett."

Garett nickte ihm bloß wortlos zu, denn seine Kehle war plötzlich eng geworden. Es war schon lange nicht mehr vorgekommen, aber nun sprang ihn der Neid an wie ein Raubtier, weil dieser Kollege all das verkörperte, was er selber nie mehr sein würde: Jung, verheiratet, glücklich. Düster blickte Garett in den wandhohen Spiegel, der erbarmungslos zeigte, was aus ihm geworden war: Ein einsamer, vor seiner Zeit gealterter Witwer. Die Trauer hatte sich unübersehbar in sein Gesicht eingegraben. Diese tiefen Furchen um seinen Mund, die viel zu früh ergrauten Schläfen! Jemand, der ihn nicht kannte, würde niemals glauben, dass er erst Vierunddreißig war.

„Garett Parker, hör sofort auf, in Selbstmitleid zu baden."

Erschrocken zuckte er zusammen, denn die imaginäre, resolute Stimme seiner Mutter drang so deutlich an sein Ohr, als würde sie leibhaftig vor ihm stehen.

„Ist alles in Ordnung mit dir?"

Der Kollege sah ihn verwundert an.

„Äh, ja."

Garett lächelte schwach und kratzte sich verlegen an der linken Wange. Er wusste genau, was seine Mum als nächstes sagen würde:

„Du gönnst diesem jungen Mann hoffentlich sein Glück."

Das tat er; selbstverständlich tat er das! Es schmerzte halt nur in diesem Moment mal wieder, dass er selber nie mehr ein solches Glück erleben würde. Gewiss, es hatte in den vergangenen Jahren durchaus Möglichkeiten für ihn gegeben, aber Garett wehrte bis heute jegliche Annäherungsversuche rigoros ab. Nicht bloß, weil manche Frauen unangenehm aufdringlich dabei vorgingen. So, wie diese künstlich blonde Sally Bird zum Beispiel, die seit kurzem im Appartement über ihm lebte. Wann immer er ihr begegnete, flirtete sie ihn hemmungslos an. Vielleicht waren seine Ansichten altmodisch, aber der Mann sollte die Frau erobern, nicht umgekehrt. Der Hauptgrund für seine Abwehrhaltung war jedoch, dass er sich nicht verlieben *wollte*. Niemals mehr, denn die Angst vor einem möglichen weiteren Verlust war übermächtig. Davon abgesehen konnte Garett sich ohnehin nicht vorstellen, eine andere Frau als Becky zu küssen oder mit ihr ins Bett zu gehen. Klar fehlte ihm manchmal der Sex. Aber auch das änderte nichts an seinem Entschluss, für den Rest seines Lebens alleine zu bleiben.

Das Meeting dauerte an diesem Morgen nicht sehr lange. Ihr derzeitiges Projekt war beinahe abgeschlossen und jeder wusste, was noch zu tun war.

„Okay Leute, weiter an die Arbeit."

Dean Miller, der Teamleiter, nickte in die Runde. „Garett, du bleibst noch, wir beide müssen reden."

„Worüber?"

Garett, der ihm gegenüber saß, blickte seinen Vorgesetzten verblüfft an.

„Sag ich dir gleich", entgegnete Dean knapp.

Beunruhigt überlegte Garett, ob er womöglich einen gravierenden Fehler gemacht hatte in einer seiner letzten Programmierungen. Dies war offenbar nicht der Fall, denn nachdem die anderen verschwunden waren, lächelte Dean ihn wohlwollend an.

„Ich hatte heute früh ein ausführliches Gespräch mit Big Black." Er sprach von Gordon Blackwood, dem hünenhaften, kritischen Firmenboss, der von seinen Mitarbeitern gleichermaßen gefürchtet und verehrt wurde. „Unsere deutsche Niederlassung benötigt ab Juni einen neuen Teamleiter für die Maschinensteuerungsoptimierung." Der bisherige, ein Schwede, hatte vor einigen Wochen gekündigt. Hans-Gerd Holtdorf, der Geschäftsführer von Blackwood Germany suchte seither einen Nachfolger für ihn, bislang leider ohne Erfolg. Deshalb hatte er bei Gordon Blackwood nachgefragt, ob im Hauptsitz eventuell jemand dafür infrage käme, der oder die Lust hätte, nach Deutschland zu gehen. „Big Black sagte ihm, es gäbe einen Mann, den er uneingeschränkt empfehlen könne."

Dean beugte sich vor. „Er meinte dich, Garett."

„Mich?"

Entgeistert starrte Garett in das sommersprossige Gesicht seines Teamleiters. „Das, das ist nicht dein Ernst", stammelte er fassungslos. „Wieso bist du so überrascht?", fragte Dean zurück. „Du bist verdammt gut, das wissen alle. Big Black ist äußerst beeindruckt von deinen Leistungen. Also, wie sieht's aus, hast du Interesse?"

Nein! Nein, auf keinen Fall!!

Garett wand sich unbehaglich und kämpfte gegen die in ihm aufsteigende Panik an. Ihm war natürlich bewusst, welch große Ehre es bedeutete, vom Firmenboss persönlich empfohlen zu werden. Unabhängig davon, hoffte er schon seit geraumer Zeit auf einen Posten als

Teamleiter. Aber doch nicht im fernen Deutschland! Was sollte er denn dort? Das einzige, was er über dieses Land wusste, war, dass es von einer Frau namens Angela Merkel regiert wurde, die Hauptstadt Berlin hieß und wo sich die Niederlassung befand. In Köln, einer Stadt, die am weltberühmten Rhein lag.

Dean sah ihm seinen Widerwillen offensichtlich an, denn er runzelte die Stirn und sagte scharf: „Hör mir erst mal zu, ehe du unüberlegt nein sagst."

Im Gegensatz zum amerikanischen Hauptsitz mit seinen fast hundert Angestellten, gehe es bei Blackwood Germany viel beschaulicher zu, erklärte er Garett. Es gab dort insgesamt nur vierzehn Mitarbeiter. Fünf von ihnen, drei Deutsche, ein Belgier und ein Portugiese, bildeten sein Team.

„Du bekommst sechs Monate Probezeit."

Innerhalb dieser Frist könne Garett jederzeit nach Seattle zurückkehren auf seinen alten Posten. Entschied er, in Köln zu bleiben, müsste er sich dann allerdings für mindestens drei Jahre verpflichten. „Ich weiß, das klingt erst mal nach einer langen Zeit, aber finanziell lohnt sich das auf jeden Fall für dich." Dean nannte eine Summe, bei der Garett unwillkürlich die Luft einsog, was seinem Teamleiter ein amüsiertes Grinsen entlockte. „Das ist noch nicht alles."

Zusätzlich zu der erheblichen Gehaltserhöhung, übernahm die Firma einen Heimatflug pro Jahr. Was den unvermeidlichen Papierkram anbelangte, dafür war Maureen zuständig. Nur das Visum musste Garett persönlich beantragen. Die Kosten hierfür bekam er selbstverständlich ersetzt.

„Für deine Unterkunft sorgen die Kölner, in Absprache mit dir, und eins kann ich dir sagen: Hans-Gerd ist einer der sympathischsten Menschen, denen ich je begegnet bin." Dean hatte den deutschen Geschäftsführer vor Jahren bei einem Treffen der führenden Mitarbeiter kennen gelernt. „Man sagt den Deutschen ja nach, sie wären steif und meckerten ständig, aber auf ihn trifft das definitiv nicht zu.

Er ist total locker drauf." Einer dieser Chefs, die ab und zu mit ihren Mitarbeitern nach Feierabend gerne mal ein Bier trinken gehen. „Überdies hasst er Anzüge und Krawatten wie die Pest." In der deutschen Niederlassung herrsche deshalb, anders als hier in Seattle, keine strenge Kleiderordnung. „Klingt das nicht verlockend für dich?", fragte Dean schmunzelnd. Von dem angenehmen beruflichen Umfeld abgesehen, sei Köln eine interessante Stadt, fügte er hinzu. Davon könne Garett sich gern im Internet überzeugen.

„Big Black erwartet jedenfalls von dir, dass du ernsthaft über das Angebot nachdenkst."

Dean nahm seine Unterlagen und erhob sich. Ein unmissverständliches Zeichen, dass die Unterredung beendet war. „Du hast eine Woche Zeit."

Kapitel 2

Er war seit über einer halben Stunde zurück in seinem Büro, doch noch immer konnte er sich nicht aufraffen, weiter zu arbeiten. Garett blickte auf die Zahlencodes auf seinem Bildschirm, ohne sie richtig wahrzunehmen. Seine Gedanken spielten Ping-Pong.

Teamleiter Garett Parker.

Heaven, das klang phantastisch und die dazu in Aussicht gestellte Gehaltserhöhung war schlicht der Hammer! Aber dafür nach Deutschland gehen? Seattle verlassen? Nein, das konnte er sich beim besten Willen nicht vorstellen. Allein schon wegen Beckys Grab. Und er musste auch an seine Mutter denken. Sie wäre sicher alles andere als begeistert, wenn ihr einziger Sohn für Jahre nach Europa verschwand.

„Du bist verdammt gut, das wissen alle. Big Black ist äußerst beeindruckt von deinen Leistungen."

Andererseits hatte ihn Gordon Blackwood höchstpersönlich empfohlen. Der kritische Big Black! Das war eine Auszeichnung, um die ihn seine Kollegen beneiden würden, wenn sie es erfuhren. Im Umkehrschluss bedeutete es allerdings, dass er ein mächtiges Problem hätte, wenn er den Job ablehnte. Garett war völlig klar, dass er so schnell keine zweite Chance auf einen Teamleiter-Posten bekommen würde. Mit einem abgrundtiefen Seufzer vergrub er sein Gesicht in den Händen. Damned, was sollte er bloß tun?

Du hast eine Woche Zeit, also hör auf zu grübeln und arbeite endlich!

„Okay."

Garett atmete zehn Mal tief durch und legte dann entschlossen die Finger auf die Tastatur. „Let's go, Parker."

Am späten Nachmittag verließ er erleichtert das Firmengebäude. Der Tag war, wenig überraschend, keiner seiner produktivsten gewesen. Auf dem Heimweg hielt er in Downtown an einem chinesischen Imbiss an und verschlang heißhungrig zwei frittierte Gemüserollen. Obwohl sein Magen rebellisch geknurrt hatte, war er am Mittag nicht wie sonst mit den Kollegen in die Kantine gegangen. Er hatte befürchtet, dass man ihm ansah, wie aufgewühlt er war und keinerlei Lust verspürt, diesbezüglich Fragen zu beantworten. Eine Person hatte auf jeden Fall bemerkt, dass mit ihm etwas nicht stimmte. Maureen, ihr entging nichts! Taktvoll wie sie war, hatte sie ihn jedoch nicht darauf angesprochen. Eventuell wusste sie aber auch schon Bescheid. Sie und Dean hatten ein enges Verhältnis. Rein beruflich, beide waren glücklich verheiratet. Gut möglich also, dass sein Teamleiter die Assistentin bereits darüber informiert hatte, dass sie zukünftig einen Donut weniger kaufen musste, falls Garett Ja sagte.

Aber er wollte nicht Ja sagen!

Oder vielleicht doch?

Garett seufzte tief, wischte seine Hände an der Serviette ab und fuhr nach Hause.

Just in dem Moment, als er den Schlüssel ins Schloss steckte, schlug oben im ersten Stock eine Tür zu und eine helle Stimme zwitscherte: „Hier ist Sally, ich bin unterwegs, bis gleich."

Oh, nein!

Nicht die, nicht nach diesem Tag! Blitzschnell betrat Garett sein Appartement und schloss lautlos die Türe. Dabei durchzuckte ihn der Gedanke, dass Sally Bird unbestritten ein erstklassiges Argument für einen Umzug nach Köln wäre. Doch sie war nicht ausschlaggebend. Er zog das Smartphone aus der Jackentasche und rief seine Mutter in Portland an.

Sheila Parker lebte noch immer in dem Haus, in dem er aufgewachsen war. Sie und sein Vater hatten sich getrennt, als Garett in die Schule gekommen war. Oder korrekter formuliert: Seinem

„Dad" war plötzlich eingefallen, dass er „keinen Bock auf ein spie-ßiges Familienleben" hatte, sondern lieber in Freiheit leben wollte. Er zog nach New York und außer den Schecks für seinen Unterhalt, die bis zu seiner Volljährigkeit regelmäßig eingetrudelt waren, hatte Garett nie wieder von ihm gehört. Es war ihm egal. Er wollte nichts zu tun haben mit diesem Mann, der sich feige aus der Verantwortung geschlichen hatte.

Mit seiner Mum hingegen hatte er ein inniges Verhältnis. Ungeduldig wartete Garett jetzt darauf, dass diese abhob.

„Garett!", rief sie erfreut aus. „Wie geht es dir?"

„Nicht gut", stieß er hervor und sprudelte sofort mit der Neuigkeit heraus. Das unfassbare Angebot, seine Zerrissenheit darüber und die Bedenken wegen ihr. Sollte er zusagen, lägen schließlich nicht bloß 170 Meilen zwischen ihnen, sondern ein ganzer Ozean! Seine regelmäßigen Besuche bei ihr jeden zweiten, dritten Monat, würden somit buchstäblich ins Wasser fallen.

„Wie alt bin ich?", fragte seine Mutter ruhig. Die Frage irritierte ihn, Garett musste kurz überlegen.

„Äh, fünfundfünfzig?"

„Richtig, und somit kein altersschwaches Mütterchen, um das du dich permanent kümmern musst", erwiderte Sheila Parker trocken. „Außerdem bin ich nicht allein. Ich habe Freunde und Scott ist auch noch da, schon vergessen?" Scott Taylor war ein Lehrerkollege, mit dem sie seit Jahren liiert war. „Natürlich würde ich dich vermissen, aber dies ist eine großartige Chance, die du unbedingt nutzen solltest."

Garett schluckte schwer. Seine Mum gab unumwunden ihr Ja dazu? Damit hatte er nicht gerechnet.

„Aber was ist mit Beckys Grab?", sagte er rau und blickte zu dem gerahmten Foto, das auf dem Sideboard neben dem Fernseher stand. Seine verstorbene Frau lächelte ihn liebevoll an. „Ich geh zwar nicht mehr so oft…"

„Was denkst du, hätte Rebecca zu dem Jobangebot gesagt?", unterbrach ihn seine Mutter.

Das ist wunderbar, Darling. Wann fliegen wir?

Garett schloss seine Augen, die plötzlich brannten. Becky wäre ihm ohne zu zögern nach Köln gefolgt, das wusste er und die nächsten Worte seiner Mutter zerbröselten sein letztes Argument endgültig. „Garett, es ist nur ein Grab", sagte sie mit sanfter Stimme. „Du trägst deine Erinnerungen an sie doch in dir und nimmst sie überallhin mit."

Sie hatte Recht. Ob in Seattle, Köln oder sonst wo: Rebecca war für immer in seinem Herzen. Erneut schluckte Garett heftig und es dauerte einige Sekunden, bis er seiner Stimme genügend traute. „Du bist also der Meinung, ich sollte zusagen."

„Ja", erwiderte Sheila Parker resolut. Es konnte das Abenteuer seines Lebens werden und er habe ja sechs Monate Zeit, um sich endgültig zu entscheiden. Zudem solle er mal darüber nachdenken, wie entspannend es wäre, nicht mehr von Miss Sally Bird belästigt zu werden. „Gib zu, dieses aufdringliche Vögelchen wäre doch ein erstklassiger Grund, schon morgen in den Flieger zu steigen, oder?", rief sie heiter, als Garett verblüfft auflachte. „Überleg nicht lange, sondern tu es!"

Nervös, aber mit fest entschlossener Miene, marschierte Garett am Dienstagmorgen auf die Firma zu. Sein anfänglich striktes „Nein" von gestern war einem, zugegeben noch etwas zaghaftem „Ja" gewichen. Dank seiner Mum, deren klares Statement ihn letztendlich davon überzeugt hatte, es wenigstens zu versuchen.

Nach dem Telefonat mit ihr, hatte er sich im Internet ausgiebig über Köln informiert. Dabei wurde ihm rasch klar, dass Dean keineswegs übertrieben hatte. Es war eine faszinierende Metropole; reich an Geschichte und unzähligen Freizeitmöglichkeiten. Garett war vor allem begeistert über den Zoo. Unbestritten ein großer Pluspunkt für

Köln! Ein weiterer Klick führte ihn auf die zweisprachige Homepage von Blackwood Germany. Es war Jahre her, seit er sie das letzte und einzige Mal angeschaut hatte. Ganz zu Anfang, nachdem er seinen Job hier in Seattle angetreten hatte. Seither nie wieder, wozu auch? Aber jetzt war er selbstverständlich neugierig auf die Menschen, mit denen er ab Juni zusammen arbeiten würde. Wie lange auch immer. Zwar waren nur die leitenden Angestellten mit Foto und Namen abgebildet, doch das genügte ihm vorerst.

Hans-Gerd Holtdorf wirkte so sympathisch, wie Dean ihn geschildert hatte. Weiße Mähne, freundliche blaue Augen, verschmitztes Lächeln.

„Er hasst Krawatten und Anzüge wie die Pest."

Garett zog schmunzelnd seine Krawatte aus und schleuderte sie demonstrativ von sich. Dieser verflixte Dean hatte das absichtlich erwähnt. Sein Teamleiter wusste ganz genau, dass er sich in Jeans und Shirt am wohlsten fühlte.

Miriam Knessel, die Assistentin von Hans-Gerd, war eine hübsche Rothaarige mit Brille. Garett schätzte sie auf ungefähr Vierzig. Der Teamleiter für die Systemsteuerung hieß Kilian Klein und sah ihm ein bisschen ähnlich. Dunkelblond, graue Augen. Er schien auch etwa in seinem Alter zu sein, allerdings sah er erheblich jünger aus als Garett. Sein Gesicht war beneidenswert faltenfrei. Der andere Teamleiter war Jasper Lindberg; unverkennbar ein Skandinavier. Ihn also würde Garett ersetzen. Bei der Vorstellung, dass ab Juni ein Foto von ihm auf der Homepage stehen würde, hatte sein Herz aufgeregt gepocht.

So wie jetzt, denn nun wurde es ernst.

„Guten Morgen."

Maureen begrüßte ihn fröhlich und hielt ihm sofort die Tüte hin.

„Jetzt nicht, danke."

Garett winkte ab und ging geradewegs auf Deans Büro zu. Dabei spürte er deutlich ihren neugierigen Blick im Rücken. Einen kurzen

Moment lang zögerte er, dann holte er tief Luft und klopfte an die Tür.

„Ist das dein Ernst?"

Sein Teamleiter starrte ihn perplex an, nachdem er ihm seinen Entschluss mitgeteilt hatte. Offenbar hatte Dean nicht mit einer positiven Antwort gerechnet, noch dazu innerhalb eines Tages. Doch als Garett entschieden nickte, sprang er auf und drückte ihm mit einem erfreuten Lächeln die Hand. „Gratuliere, du wirst es garantiert nicht bereuen."

Ich hoffe, du behältst Recht.

Die nächsten Tage verflogen unglaublich rasch und als Garett am Freitag nach Hause fuhr, verspürte er trotz aller Skepsis, die ihn nach wie vor begleitete, erstmals auch leichte Vorfreude. Dazu trugen sicher die unzähligen Gratulationen bei, die er die ganze Woche über erhalten hatte. An der Spitze die von Big Black. Dean hatte darauf bestanden, dass er es dem Firmenboss persönlich mitteilte. Den anerkennenden Blick in dessen kritischen Augen, würde Garett so schnell nicht vergessen.

„Ich bin sicher, du wirst deinen Job hervorragend machen."

„Danke, Sir."

Auch seine Team-Kollegen, allen voran Maureen, beglückwünschten ihn überschwänglich. Ebenso viele Mitarbeiter aus anderen Abteilungen. Es hatte sich rasch rundgesprochen, dass Garett Parker auf ausdrückliche Empfehlung von ganz oben Teamleiter in Köln wurde.

Bei Blackwood Germany freute man sich ebenfalls sehr über seine Zusage. Am Mittwoch war eine Mail von Hans-Gerd gekommen, in der er Garett mit herzlichen Worten dafür dankte und heute früh hatten sie erstmals miteinander telefoniert. Es war bloß ein kurzes Gespräch gewesen, doch es hatte den positiven Eindruck untermauert, den Garett von dem deutschen Geschäftsführer hatte. Seine

Stimme klang angenehm heiter und er sprach so locker mit ihm, als würden sie einander schon ewig kennen.

„Miriam, meine Assistentin, meldet sich demnächst bei dir wegen der Wohnung. Hast du dir diesbezüglich schon Gedanken gemacht?"

„Ein möbliertes Appartement genügt für den Anfang, denke ich", erwiderte Garett ruhig. *Ich weiß nämlich noch nicht, wie lange ich bleibe.*

„Aha, du bist vorsichtig." Hans-Gerd lachte leise. „Verständlich, aber ich bin überzeugt davon, dass es dir hier so gut gefallen wird, dass du gar nicht mehr weg willst." Deshalb rate er Garett auch, vorab schon etwas Deutsch zu lernen. Firmenintern sprach man ja englisch, aber für das Leben außerhalb sollte er zumindest einige Floskeln wie „Vielen Dank" oder „Guten Tag" kennen. Schon aus Respekt gegenüber den Menschen des Landes, in dem er bald zu Gast sein würde. „Und das länger als nur ein paar Monate, wie ich stark hoffe."

Garett, dem es ein wenig peinlich war, dass sein zukünftiger Boss ihn durchschaut hatte, lachte befangen und hatte Hans-Gerd aufrichtig versprochen, fleißig Deutsch zu üben.

Aus diesem Grund hielt er nun kurz an einer kleinen Buchhandlung an und kaufte ein Wörterbuch. Wenige Minuten später war er sehr dankbar für diesen Einfall, denn im Hausflur kam ihm Sally Bird entgegen. „Mr. Parker, wie wunderbar, Sie zu sehen", flötete sie und bedachte ihn, wie immer, mit einem koketten Lächeln. „Wie geht es Ihnen?"

Normalerweise hätte Garett höflich „danke gut" geantwortet und wäre dann so rasch wie möglich geflüchtet. Doch nun beschloss er, dem aufdringlichen Vögelchen eine Antwort zu geben, die sie hoffentlich ab sofort von ihm fernhalten würde, bis er im Juni für immer von hier verschwand. Sein Appartement hatte er bereits zum Verkauf ausgeschrieben. Sollte er innerhalb der Probezeit doch nach Seattle zurückkehren, würde er sich eine Bleibe am anderen Ende der Stadt suchen. Weit weg von Miss Bird.

Seine Mum hatte ihn zu einem ehrlichen Menschen erzogen, aber sie wäre bestimmt einverstanden, dass er jetzt die Wahrheit ein wenig verbog.

„Es geht mir hervorragend, Miss Bird!" Garett lächelte enthusiastisch und schwenkte das Wörterbuch vor ihrer Nase. „Ich habe heute erfahren, dass ich nach Deutschland versetzt werde." Er seufzte übertrieben glücklich. „Da wollte ich schon ewig hin."

„Nach Deutschland?", piepste seine Nachbarin schockiert. „Wie lange werden Sie denn dort bleiben?"

Eventuell nur kurze Zeit, aber das würde er ihr garantiert nicht sagen. „Nun, ich hoffe für immer", erklärte Garett im Brustton der Überzeugung. „Es ist mein absolutes Traumland."

Das Ergebnis seiner dreisten Lüge war beeindruckend. Sally Bird starrte ihn völlig entgeistert an. Ihr grellrot geschminkter Mund klappte auf und zu, auf und zu, sekundenlang. Schließlich schaffte sie es doch, etwas zu sagen. „Dann wünsche ich Ihnen alles Gute", krächzte sie heiser und entfloh Hals über Kopf durch die Türe nach draußen.

„Vielen Dank", sagte Garett auf Deutsch und lachte schallend los. Was auch immer in Deutschland auf ihn zukam und egal, wie lange er dort blieb: Für diese Szene hatte sich sein hart erkämpfter Entschluss bereits gelohnt.

Kapitel 3

Am ersten Juni, einem Samstag, landete Garett frühmorgens in Frankfurt. Sein Herz klopfte ungestüm, als er den Flieger verließ. Zweieinhalb Monate waren vergangen seit seiner Zusage, nach Deutschland zu gehen. Jetzt war er hier. Das Abenteuer, wie seine Mum es nannte, hatte begonnen.

Der Abschied in der Firma war ihm zu seinem eigenen Erstaunen relativ leicht gefallen. Gewiss, er hatte wehmütig geseufzt, als er das Gebäude am vergangenen Dienstag zum letzten Mal verlassen hatte und sich noch mehrmals umgedreht auf dem Weg zum Auto. Aber er war okay gewesen. Das Lebwohl mit seiner Mutter hingegen war, wie nicht anders zu erwarten, ein emotionaler Kraftakt gewesen. Obwohl sie sich beide fest vorgenommen hatten, nicht zu weinen, flossen doch einige Tränen, als sie sich am Flughafen in Portland voneinander verabschiedeten.

„Pass auf dich auf, Darling. Ich liebe dich."

„Ich dich auch, Mum. Auf Wiedersehen."

Jetzt schien ihre letzte innige Umarmung bereits Lichtjahre her zu sein.

Der Abschiedsschmerz war während des langen Fluges zum Glück abgeebbt. Stattdessen erfüllte Garett nun fiebrige Ungeduld auf das Ende seiner Reise. Erfreulicherweise ging die Einreise zügig vonstatten. Nur vierzig Minuten nach der Landung bestieg er am Fernbahnhof einen ICE, der ihn binnen zwei Stunden nach Köln bringen würde. Nachdem er seinen Koffer verstaut hatte, zog er das Smartphone aus der Jackentasche und schickte zuallererst eine Nachricht an Hans-Gerd, damit dieser wusste, wann genau er ankam. Danach lehnte er sich zurück und schaute aus dem Fenster. Die Menschen um ihn herum unterhielten sich angeregt während der Fahrt, doch Garett hatte bereits am Flughafen einsehen müssen, dass er seine „Deutschkenntnisse" komplett überschätzt hatte. Er verstand so gut wie nichts. Dabei hatte er sich wirklich Mühe gegeben! *Ja klar, Parker.*

Okay, wahrscheinlich hätte er mehr machen sollen, als nur ab und zu im Wörterbuch zu blättern. Fleißig üben, so wie er es Hans-Gerd versprochen hatte, sah anders aus. Immerhin kannte er aber einige der Floskeln, von denen dieser gesprochen hatte; außerdem die Namen der Wochentage und er wusste, dass die Uhrzeit hier anders gezählt wurde, als in den Staaten. Das genügte ja wohl. Hier im Zug brauchte er ohnehin kein Deutsch. Die Durchsagen wurden auch auf Englisch gemacht.

Als die Ankündigung kam, dass sie in wenigen Minuten den Kölner Hauptbahnhof erreichen würden, klopfte sein Herz erneut stürmisch los. Fast alle Mitreisenden standen auf und begannen damit, ihre Gepäckstücke von der Ablage zu wuchten, aber Garett blieb bewusst noch sitzen. Der ICE wurde langsamer, durchfuhr zunächst noch einige Außenbezirke Kölns und dann kam das Stadtpanorama in Sichtweite, auf das Garett gewartet hatte und ihm stockte der Atem. *Heaven!*

Er hatte es sich schon mehrfach im Internet angesehen, aber live war die Kulisse noch viel, viel überwältigender. Links von ihm standen die drei futuristischen Kranhäuser, direkt am Rhein. Auf dem breiten, in der Morgensonne glitzernden Strom fuhren unzählige Schiffe und Boote. Sein Blick glitt weiter zu den historischen Häusern der Altstadt. Wunderschön! Doch am meisten fesselte ihn der Anblick des majestätischen, alles überragenden Doms, das Wahrzeichen dieser Stadt. Genau davor, an dessen Fuß sozusagen, befand sich der Hauptbahnhof. Der ICE rumpelte über eine alte imposante Eisenbahnbrücke darauf zu und hielt mit quietschenden Bremsen an.

Garett atmete tief durch und stand auf. Mit leicht zitternden Beinen verließ er als einer der Letzten den Zug und blickte suchend umher. Wo war Hans-Gerd?

„Garett, ich bin hier!"

Erleichtert drehte er sich um und kniff verdutzt die Lippen zusammen. Sein neuer Boss, der ihm mit einem freundlichen Lächeln entgegentrat, war deutlich kleiner, als er ihn sich vorgestellt hatte. Garett war mit 1,74m selber kein übermäßig großer Mann, doch Hans-Gerd maß höchstens 1,65m. Aber sein Händedruck war fest.

„Herzlich willkommen in Köln!"

Die Autofahrt zu dem Stadtteil, in dem Garett ab sofort leben und arbeiten würde, dauerte noch einmal zwanzig Minuten, doch dann war er endgültig am Ziel angekommen. Als er vor dem dreistöckigen Wohnblock aus dem Wagen stieg, lächelte Garett unwillkürlich, denn dank Miriam Knessel war ihm dessen Anblick bereits vertraut.

Die Assistentin war verantwortlich gewesen für die Wohnungssuche und hatte diese akribisch betrieben. Eine Woche nach seiner offiziellen Zusage, hatte Garett von ihr eine Mail erhalten mit einer ellenlangen Frageliste. Wollte er mitten in der City wohnen oder lieber in der Nähe der Niederlassung? Wünschte er einen Balkon oder Terrasse? Brachte er seinen Wagen mit? Dann müsste sie ja nach einer Bleibe mit Garage suchen. Welchen Möbelgeschmack bevorzugte er? Und, und, und. Sie fragte sogar, ob sie ihm ein Haustier besorgen solle. Einen Kanarienvogel vielleicht?

Einen Vogel? Garett schnaubte zuerst, als er das las und musste dann doch lachen. Die gute Miriam; sie wusste ja nichts von Miss Bird. Er schrieb ihr zurück, was ihm wichtig war und bereits zwei Wochen später hatte die Assistentin eine entsprechende Unterkunft gefunden und ihm zahlreiche Fotos zugeschickt.

Sein Appartement lag im Erdgeschoss. Es roch nach frischer Farbe und war schlicht und zweckmäßig möbliert. Ein runder Tisch mit drei Stühlen vor dem Fenster, daneben ein zweitüriger Kleider-schrank und eine kleine Kommode, auf der ein Fernseher stand. An der gegenüberliegenden Wand das Bett. Hinter einer Schiebetüre verborgen, befand sich die Küche. Wie das Bad war sie winzig, aber es war alles drin, was man benötigte.

Hans-Gerd öffnete den Kühlschrank.

„Wie versprochen, hat Miriam ein paar Sachen gekauft, damit du uns am ersten Wochenende nicht gleich verhungerst."

„Das war lieb von ihr", entgegnete Garett gähnend und massierte erschöpft seine Augen. Urplötzlich hatte ihn bleierne Müdigkeit überfallen. Kein Wunder nach dem langen Reise. Zudem war seine innere Uhr noch auf Seattle eingestellt und dort war jetzt Mitternacht vorbei. Er gähnte erneut.

„Aha, der Jetlag." Sein neuer Boss nickte verständnisvoll. „Dann verabschiede ich mich jetzt. Wir sehen uns dann am Montag."

Kaum war er weg, ließ Garett die Rollläden herab und kippte wie ein gefällter Baum ins Bett.

Ich bin in Köln.

Das war sein letzter Gedanke, ehe er einschlief.

Irgendetwas stimmte nicht.

Er lag in einem Bett, aber es war definitiv nicht sein eigenes. Die Matratze war zu weich. Verwirrt blinzelte Garett in die Dunkelheit, dann brachte der intensive Farbgeruch schlagartig die Erinnerung zurück. Vorsichtig richtete er sich auf und tastete nach dem Licht-schalter an der Wand.

„Uff!"

Rasch bedeckte er mit der linken Hand seine Augen und spreizte ganz langsam die Finger, um sich an die Helligkeit zu gewöhnen. Seine Armbanduhr, die er direkt nach der Landung umgestellt hatte, zeigte 6 pm. Oder wie man hier sagte, 18 Uhr. Garett brummte zu-frieden. Gut, dass er nicht bis in die Nacht hinein geschlafen hatte.

So konnte er davon ausgehen, dass er den Jetlag bis Montagfrüh einigermaßen überwand. Es war enorm wichtig, dass er ausgeruht und mit klarem Kopf seinen neuen Posten antrat.

Er zog die Rollläden wieder hoch und öffnete die Terrassentür. Der schmale Gartenstreifen hinter dem Wohnblock lag bereits im Schatten, aber die hereindringende Luft war noch stickig warm. Der Tag musste sehr heiß gewesen sein. Erst jetzt bemerkte Garett, wie durstig er war. Im Kühlschrank lagen mehrere Flaschen Mineralwasser und einige Dosen Coke. Er entschied sich für letzteres und packte dann den Koffer aus. Beckys Foto, das obenauf lag, stellte er wie in Seattle neben den Fernseher. Seine Klamotten waren schnell verstaut. Jeans, Shirts, Pullis, Unterwäsche, vier Paar Schuhe und drei Jacken. Einige Hemden hatte er auch mitgebracht, aber weder seine Anzüge noch Krawatten. Die hingen jetzt allesamt im Schrank in seinem ehemaligen Kinderzimmer. Ab Montag musste er sich keinem Dresscode mehr beugen. Hans-Gerd sei Dank!

Garett grinste und schob den leeren Koffer unters Bett. Danach zog er den Laptop aus der Tasche und legte ihn auf den Tisch. Die fleißige Miriam hatte auch dafür gesorgt, dass er bereits Internetanschluss hier hatte.

In Portland war es jetzt neun Uhr morgens. Seine Mutter war bestimmt schon wach und wartete ungeduldig darauf, dass er sich wie versprochen kurz bei ihr meldete. Da sie sich nun, für wie lange auch immer, nicht mehr persönlich treffen konnten, hatten sie beide Skype installiert. Garett schrieb ihr eine WhatsApp und als er sah, dass sie diese gelesen hatte, aktivierte er die Webcam und rief an.

„Guten Morgen, Mum. Wie du siehst, bin ich heil angekommen."

„Ja, Gott sei Dank." Sheila Parker lächelte erleichtert. „Und wie fühlst du dich?"

„Ganz gut", antwortete Garett und fügte wahrheitsgemäß hinzu: „Na ja, ich bin schon etwas nervös wegen Montag."

Allzu große Sorgen machte er sich jedoch keine. Laut Hans-Gerd freute sich sein Team auf ihn und Jasper, der ihn zwei Wochen lang intensiv einarbeiten würde, hatte ihm bereits seine volle Unterstützung zugesagt.

„Das ist wohl normal, wenn man einem neuen Job antritt", meinte seine Mutter auch. „Aber du wirst der großartigste Teamleiter sein, den sie je hatten."

Garett schmunzelte über ihre mütterlich stolze Miene und entgegnete: „Übertreib nicht, Mum, aber ich werde selbstverständlich mein Bestes geben." Das war sein Ernst. Egal, ob er nur wenige Wochen oder Monate oder tatsächlich Jahre hier blieb: Garett Parker würde einen verdammt guten Job abliefern. „Ich melde mich im Laufe der nächsten Woche wieder und erzähl dir dann, wie die ersten Tage gelaufen sind, okay?"

„Tu das, Darling. In Gedanken begleite ich dich."

Seine Mutter warf ihm eine Kusshand zu, dann wurde die Kamera dunkel.

Eine halbe Stunde später verließ Garett das Haus. Er hatte rasch geduscht und etwas gegessen und danach Lust auf einen ausgiebigen Spaziergang verspürt. Gefahr, dass er sich dabei verlief, bestand kaum. Erstens war der beinah ländliche Stadtteil nicht sehr groß und zweitens kannte er sich, zumindest theoretisch, bereits gut aus. Mithilfe von Google Street View war er schon mehrfach virtuell durch den Ort „spaziert." Nun konnte er es zum ersten Mal in der Realität tun.

Sein erstes Ziel war die Niederlassung, die nur knapp fünfzehn Gehminuten von seinem Wohnblock entfernt war. *Es lebe die moderne Technik*, dachte Garett, als er das kleine Einkaufszentrum am Ende der Straße passierte. Der Parkplatz, die Geschäfte, alles war so, wie er es im Internet gesehen hatte. Er überquerte den Bahnübergang und kam an einer Horde herumlungernder Teenies vorbei, die sich lachend unterhielten und wieder verstand er kaum ein Wort. Das ärgerte ihn seltsamerweise. Vielleicht sollte er doch etwas mehr Deutsch lernen.

Blackwood Germany lag inmitten eines kleinen Industriegebiets am Rande des Stadtteils. Ein hellgrauer, unauffälliger Flachbau; kein Vergleich zum amerikanischen Hauptsitz, aber Garett gefiel er.

Mein neuer Arbeitsplatz.

Direkt nebenan befand sich ein großes Autohaus mit angeschlossener Werkstatt. Nachdenklich blickte Garett ins Schaufenster auf die Neuwagen. Entgegen seiner anfänglichen Überlegung, hatte er sein Auto verkauft. Erstens war dieses bereits sieben Jahre alt und angesichts der Möglichkeit, dass er nur kurzfristig in Deutschland blieb, wäre ein Import eh vergebliche und dazu teure Liebesmüh gewesen. Falls er sich tatsächlich längerfristig für Köln entscheiden sollte, könnte er hier eventuell einen neuen Wagen kaufen. Der Besitzer des Autohauses war ein Freund von Hans-Gerd und gab dessen Mitarbeitern deshalb Sonderkonditionen. Das wusste Garett von Miriam. Nun, darüber konnte er immer noch nachdenken, wenn es dazu kam.

Er drehte um und ging dieselbe Strecke zurück, bog aber am Einkaufszentrum rechts ab. Nach wenigen Minuten erreichte er einen asphaltierten schmalen Pfad, der durch dichte Blumenwiesen hinunter an den Rhein führte. Gemächlich schlenderte er den breiten Kiesstrand entlang und betrachtete fasziniert den träge dahinfließenden Strom. Zwei tief im Wasser liegende Tanker fuhren vorüber. Sie verursachten lebhafte Wellen am Ufer. Einige Meter von Garett entfernt, kreischte ein kleines Mädchen auf, als das Wasser ihre nackten Füße erreichte und flüchtete sich in die Arme ihres amüsiert lachenden Vaters. Dieser Anblick riss Garett jäh aus seiner Versunkenheit. Hastig blickte er weg und schritt rasch davon, doch das nützte nichts. Der in ihm aufgewallte Neid verfolgte ihn. Wie das wohl war, sein Kind beschützend in den Arm zu nehmen, mit ihm zu lachen? Es musste das schönste Gefühl der Welt sein. Eines, das er nie erleben würde.

Wer weiß, eines Tages vielleicht doch.

Garett erschrak. Damned, was dachte er denn da?

Vor vier Tagen erst hatte er sich auf dem Friedhof von Becky verabschiedet. „Ich nehm dich in meinem Herzen mit", hatte er heiser geflüstert und mit den Fingern ihren eingravierten Namen auf dem Grabstein nachgezeichnet. Auf ewig geliebt und unvergessen, stand darunter. Unvergessen vor allem auch der furchtbare Schmerz. Wie konnte er also jetzt bloß einen solchen Gedanken haben? Garett ballte die Fäuste und stapfte mit finsterer Miene den Pfad entlang. Er würde nie, nie wieder heiraten oder auch nur eine feste Bindung eingehen! Obwohl ihm Rebecca eine neue Liebe gegönnt hätte; dessen war er sich bewusst. Aber die Angst vor einem zweiten Grabstein war übermächtig. Nein, nein, es war besser, wenn er allein blieb. Zugegeben, das war manchmal hart, aber so war nun eben sein Leben jetzt und er hatte seine Arbeit. Die vor ihm liegende Herausforderung würde ihm sicherlich einiges abverlangen, doch trotz seines etwas mulmigen Gefühls freute er sich auch auf das berufliche Abenteuer. Wie lange dies dauerte, blieb abzuwarten.

Später am Abend lag er gemütlich auf seinem Bett und sah fern. Zuerst hatte er auf CNN die Nachrichten angeschaut, danach auf einen deutschen Sender umgeschaltet. Erfreut stellte Garett fest, dass er der Handlung des Krimis einigermaßen folgen konnte, obwohl er von den Dialogen so gut wie nichts verstand. Auf einmal, inmitten des spannenden Finals, drangen jedoch Laute an sein Ohr, die absolut nicht zu dem Geschehen auf dem Bildschirm passten. Irritiert runzelte er die Stirn. Was war das? Von nebenan konnte es nicht kommen. Das andere Appartement im Erdgeschoß war momentan unbewohnt. Garett machte den Ton leiser und japste bestürzt auf:

„Heaven!"

Die Laute kamen von oben und sie waren unmissverständlich: Zweifaches, leidenschaftliches Stöhnen, das nun noch lauter wurde.

Ein, zwei Sekunden lang saß Garett wie erstarrt da. Seine Hände wurden schweißfeucht und in seinen verwaisten Lenden brach loderndes Feuer aus. Dann sprang er auf und rannte ins Bad. Dort lag die Packung mit den Ohrstöpseln, die er für den Flug gekauft hatte, um schlafen zu können. Was ihm leider nicht gelungen war. Fieberhaft steckte er jetzt zwei davon in die Ohren, drehte den Wasserhahn auf und spritzte kaltes Wasser in sein Gesicht. Das half zumindest ein bisschen. Langsam richtete er sich wieder auf und blickte in den Spiegel. In seinen Augen konnte er deutlich sehen, was er empfand. Abgrundtiefe Eifersucht, weil die zwei da oben das tun konnten, worauf er für den Rest seines Lebens verzichten musste.

Du müsstest es nicht.

Damned, was war heute nur mit ihm los? Garett kniff die Lippen zusammen. Das vertiefte die Furchen um seinen Mund. Finster blickte er darauf und atmete dann zehn Mal tief durch. *Es ist bloß diese neue Situation*, sagte er sich energisch. *Die macht dich angreifbar.*

Nach einer Weile ging er zurück ins Zimmer und zog vorsichtig einen der Stöpsel heraus. Stille.

„Vielen Dank", murmelte Garett auf Deutsch. Gereizt stellte er gleich darauf fest, dass der Krimi inzwischen zu Ende war. Na toll, jetzt wusste er nicht, ob der Verdächtige wirklich der Mörder oder vielleicht doch unschuldig gewesen war! Bloß wegen seinen unbekannten Nachbarn! Er brummte unwillig und zappte eine Weile noch durch diverse Programme, fand jedoch nichts, das ihn interessierte. Kurz nach Eins machte er den Fernseher aus und löschte das Licht.

Nur wenige Minuten später knipste er es wieder an und griff fluchend nach den Ohrstöpseln.

Kapitel 4

„Ich weiß nicht, was ich sagen soll."

Garett lehnte sich im Gartenstuhl zurück und blinzelte verblüfft in die Kamera. Seine Mutter hatte ihm soeben mitgeteilt, dass Scott in zwei Wochen bei ihr einziehen würde. Das kam unerwartet. Die beiden waren zwar seit Jahren ein Paar, doch bislang hatten sie stets die Meinung vertreten, man müsse nicht zwangsläufig zusammenwohnen, nur weil man einander liebte. Anscheinend hatte sich das nun geändert.

„Wie wäre es mit: Gratuliere, Mum?", schlug Sheila Parker trocken vor.

„Oh, ja, ja natürlich, entschuldige", stotterte Garett und lächelte verlegen. „Ich meine, das ist großartig. Ich freue mich für euch, ehrlich Mum." Das tat er wirklich. Es war ein großer Schritt für die Zwei.

„Danke." Sie grinste vergnügt. „Und wie geht es dir?"

„Gut", behauptete er forsch, obwohl das nur teilweise stimmte.

Beruflich lief alles bestens bei ihm. Sieben Wochen war er nun bereits bei Blackwood Germany und fühlte sich ausgesprochen wohl dort. Die Mitglieder seines Teams hatten ihn von Beginn an akzeptiert und Jasper Lindberg war ein exzellenter Mentor gewesen. Der Schwede hatte ihn nicht bloß hervorragend eingearbeitet, sondern ihm auch einige wertvolle Tipps gegeben. So musste man beispielsweise Moritz stets im Auge behalten. Das jüngste Teammitglied arbeitete zwar sorgfältig, trödelte zwischendurch jedoch gern und gefährdete so bisweilen den Zeitplan.

Ein weiterer Ratschlag von Jasper hatte dem oftmals angeberischen Getue von Kilian Klein gegolten.

„Ignorieren, einfach ignorieren."

Das hatte Garett schnell gelernt. Auf rein fachlicher Ebene kam er mit dem Teamleiter der Systemsteuerung gut zurecht. Kilian arbeitete strukturiert und zielorientiert, genau wie er. Das war freilich die einzige Gemeinsamkeit zwischen ihnen. Trotzdem sie einander etwas ähnlich sahen, waren sie charakterlich so unterschiedlich, wie zwei Männer es nur sein konnten.

Rooster! So wurde Kilian in der Firma insgeheim genannt und kein Begriff wäre treffender gewesen. Der extrovertierte Single war ein eitler Gockel; extrem von sich eingenommen und vor allem hielt er sich für den größten Womanizer des Universums. Laut seiner eigenen Aussage hatte er nur deshalb keine Freundin, weil er sich nicht entscheiden konnte, welche seiner vielzähligen Verehrerinnen er erhören sollte.

Garett hingegen war zurückhaltend und seiner Meinung nach ein völlig durchschnittlicher Mann. Keineswegs unattraktiv, aber Hollywood würde eben auch nie bei ihm anrufen. Was er ohnehin nicht gewollt hätte. Genauso wenig wie eine neue Beziehung. Das redete er sich zumindest weiterhin ein. Leider mit immer weniger Erfolg. Und das war der Grund, weshalb er sich privat ziemlich elend fühlte. Er hütete sich allerdings, das seiner Mutter zu verraten. Damit musste er alleine fertig werden.

„Habt ihr schon Pläne für heute?", fragte er mit betont heiterer Miene, die er nur mühsam aufrechterhielt, als sie ihm mitteilte, dass Scott und sie gleich zu dessen Hütte fuhren, die 30 Meilen außerhalb Portlands an einem kleinen See lag.

Na toll. Die beiden Mittfünfziger würden einen romantischen Samstag verbringen, während er den ganzen Tag alleine gewesen war und in der kommenden Nacht vermutlich wieder mit Ohrstöpseln schlafen musste.

„Und was machst du noch heute?", wollte Sheila Parker wissen.

Gegen Einsamkeit und Sehnsucht ankämpfen.

Garett lachte gezwungen und griff zu einer Notlüge. „Ich gehe nachher ins Kino."

„Ach ja?"

Seine Mum fixierte ihn aufmerksam und ihm war sofort klar, dass sie ihm nicht glaubte. „Welchen Film schaust du dir denn an?"

Ihre Frage wäre ihm zum Verhängnis geworden, hätte er nicht vorhin im Fernseher einen Trailer gesehen. „Den neuen mit Bruce Willis", antwortete er ohne zu zögern und grinste cool. „Soll ziemlich spannend sein." Sein Magen kribbelte erleichtert, als sie daraufhin schmunzelnd sagte: „Männer-Action, verstehe. Dann wünsch ich dir einen angenehmen Abend. Ich muss jetzt los, bis demnächst."

„Auf Wiedersehen, Mum."

Garett schaltete die Kamera aus und atmete tief durch. Er hatte seine Mutter nur ungern angelogen, aber was hätte er denn sagen sollen?

Eines hatte er in den vergangenen Wochen kapiert. Er war viel, viel einsamer, als er es sich bislang eingestanden hatte. Anfangs glaubte er noch, er leide bloß an Heimweh, doch inzwischen wusste er es besser. Köln war eine faszinierende Stadt, die ihn mehr und mehr in Bann zog. Er hatte sich ein Monatsticket für das städtische Bahnnetz zugelegt und bereits vieles besichtigt. Den beeindruckenden Dom zuallererst, verschiedene Museen; er hatte die Altstadt erkundet, die futuristischen Kranhäuser bewundert und natürlich war er schon mehrmals im Zoo gewesen. Zudem war er häufig in seinem Stadtteil unterwegs; er ging wahnsinnig gern am Rhein spazieren und sein Appartement war inzwischen ein richtiges Zuhause geworden.

Aber er hatte einen schweren Fehler begangen.

Während er in Seattle nach Beckys Tod nur sehr selten privaten Einladungen gefolgt war, wollte Garett hier nicht gleich zu Beginn unhöflich erscheinen. Insbesondere gegenüber seinem neuen Boss.

Zweimal war er deshalb schon bei Hans-Gerd und dessen Frau gewesen. Es waren unterhaltsame Abende, doch die zahlreichen Fotos ihrer Kinder und Enkel an den Wänden schmerzten. Sie besaßen, was er sich früher immer gewünscht hatte: eine große Familie. Noch schlimmer war es ihm gestern bei Miriams 40. Geburtstag ergangen. Die Assistentin war, von der Haarfarbe abgesehen, ein Typ wie Rebecca. Eine zierlich kleine Elfe mit anmutigen Bewegungen. Es war keinesfalls so, dass er irgendwelche Gefühle für sie hegte, Gott bewahre, nein! Garett schätzte sie als Kollegin, mehr nicht. Es hatte nur höllisch wehgetan, sie mit ihren beiden Töchtern zu beobachten. In der vergangenen Nacht hatte er lange nicht einschlafen können, weil er sich vorgestellt hatte, wie wunderbar Becky als Mutter gewesen wäre.

Außerdem hatten die Krügers über ihm mal wieder dafür gesorgt, dass ihm sein zweites Problem qualvoll bewusst wurde: Nicht bloß seine Seele war einsam.

Am Tag nach seiner Ankunft hatte Garett sich im Haus kurz vorgestellt. Das kannte er so aus den Staaten. Er fing oben im dritten Stock an und arbeitete sich nach unten durch. Die meisten Mitbewohner reagierten überaus freundlich, trotz seiner rudimentären Deutschkenntnisse. Nur eine ältere Dame im ersten Stock meckerte ihn unfreundlich an und knallte ihm die Türe vor der Nase zu. Okay, sie war offenbar eine jener Deutschen, von denen Dean gesprochen hatte. Aber vielleicht war sie ja bloß deshalb so mies gelaunt, weil sie ebenso schlecht geschlafen hatte wie Garett. In der Wohnung neben ihr lebten nämlich die beiden, deren Aktivitäten ihn in der Nacht zuvor so geplagt hatten. Garett zögerte kurz, ehe er bei ihnen klingelte.

Lass dir bloß nichts anmerken, Parker.

Eine sehr junge Frau, fast noch ein Mädchen, mit grünen Kulleraugen, öffnete die Tür. Hinter ihr stand ein schlaksiger Mann, der sich mit einem Handtuch die nassen Haare trockenrubbelte. Auch er war bestimmt noch keine Zwanzig. Heaven, diese Kinder hatten ihn die halbe Nacht wachgehalten?

Garett traute seinen Augen nicht. Hastig sagte er seinen Spruch auf, den er auswendig gelernt hatte:

„Guten Tag, ich bin Garett Parker, der neue Nachbar."

Die zwei starrten ihn einen Augenblick erstaunt an, dann rief die Frau verzückt in Englisch aus:

„Oh, bist du etwa Amerikaner?"

Garett nickte.

„Oh, phantastisch! Wir liiieben Amerika!" Sie schüttelte seine Hand und strahlte dabei so begeistert, als sei er Mister President persönlich. „Ich bin Jeanette Krüger."

„Und ich Max Krüger." Ihr Mann reichte Garett ebenfalls die Hand. „Von wo aus den Staaten?"

„Seattle, Washington", erklärte Garett langsam und zuckte dann leicht zusammen, denn Jeanette jauchzte erneut laut auf. „Ooh, Seattle, da waren wir auch, nicht wahr, Max?"

„Yeah, Baby." Max schlang feixend seine Arme um sie und zwinkerte Garett unzweideutig zu. „Hochzeitsreise, wir haben im April geheiratet."

Na, großartig. Im letzten Moment unterdrückte Garett einen geharnischten Fluch. Ein frisch vermähltes Paar, das hatte ihm gerade noch gefehlt. Unvermittelt fiel ihm einer der Lieblingsfilme von Becky ein. *Schlaflos in Seattle* mit Tom Hanks. Wer sonst noch darin mitgespielt hatte, wusste er nicht mehr, aber ihm schwante, wer der Hauptdarsteller in dem fiktiven Film *Schlaflos in Köln* sein würde: Garett Parker!

Er lächelte verkrampft und quetschte mühsam „Herzlichen Glückwunsch" heraus.

„Danke", erwiderten die beiden jungen Menschen gleichzeitig und strahlten einander derart glückselig an, dass Garett sich schleunigst verabschiedet hatte. Mit verbitterter Miene war er in sein Appartement zurückgekehrt.

Garett seufzte laut, denn das, was er damals befürchtet hatte, war eingetroffen. Jeanette und Max frönten regelmäßig und lautstark ihren Ehefreuden. Wann immer die beiden über ihm loslegten, wünschte er, er wäre schwerhörig und steckte fluchend die Ohrstöpsel ein. Nur, dass das inzwischen ebenso wenig nutzte wie eine kalte Dusche.

Er klappte den Laptop zu und stand auf.

Mit gesenktem Kopf, die Hände tief in den Taschen seiner Shorts vergraben, schlenderte er von seiner Terrasse auf den schmalen Gartenstreifen und stellte sich endlich der schmerzhaften Wahrheit. In ihm tobte ein Konflikt, der ihn beinahe zerriss. Er würde Rebecca niemals vergessen, doch er sehnte sich nach einer Frau. Er wollte wieder lieben und geliebt werden; seelisch und körperlich. Gleichzeitig wehrte er sich heftig gegen diese Gefühle, denn seine Angst war immer noch immens. Garett seufzte erneut. Damned, was sollte er bloß tun?

Entscheid doch erst mal, ob du hier bleiben willst oder nicht.

Er blieb stehen und biss auf seine Unterlippe. Noch lagen vier Monate Probezeit vor ihm, aber im Prinzip kannte er die Antwort doch schon. Das, was Hans-Gerd ihm prophezeit hatte, war eingetreten. *„Ich bin überzeugt davon, dass es dir hier so gut gefallen wird, dass du gar nicht mehr weg willst."*

Genau so war es. Ihm gefiel es sogar außerordentlich gut hier und es gab nicht einen triftigen Grund, weshalb er nach Seattle zurückkehren sollte. Zumal er sich dann beruflich wieder verschlechtern würde und das wollte er auf keinen Fall. Selbst das Grab von Becky war kein Argument mehr. Wie oft war er im vergangenen Jahr dort gewesen? Zweimal? Dreimal? Garett wusste es nicht einmal mehr genau und es spielte auch keine Rolle. Es war nur ein Grab. Die Erinnerungen an seine Frau hatte er mitgenommen. Und deshalb würde er hier bleiben.

Garett atmete erleichtert durch. Okay, zumindest diesen Punkt hatte er für sich geklärt. Was sein Gefühlschaos betraf, darum würde er sich ein anderes Mal kümmern. Mit entschlossener Miene stapfte er zurück an den Gartentisch. Drei Jahre Köln lagen also nun vor ihm und deshalb würde er jetzt ernst damit machen, seine Deutschkenntnisse zu verbessern. Er begann, im Internet zu recherchieren, wo in Köln entsprechende Kurse angeboten wurden.

Etwa zehn Minuten später wurde die Terrassentüre nebenan geöffnet und etliche Menschen traten heraus, angeführt vom Hausverwalter, der Garett freundlich zunickte. Aha, ein weiterer Besichtigungstermin. Schon an den letzten beiden Wochenenden waren mindestens dreißig, vierzig interessierte Anwärter hier gewesen. Darunter viele Paare, da das Appartement links neben ihm über zwei Zimmer verfügte. Garett hoffte inständig, dass sich der Verwalter trotzdem für einen Single entschied, obwohl das ein absurder Wunsch war, wie er sich jäh eingestand. Schließlich führten viele Singles, egal ob männlich oder weiblich, ein ebenso oder gar noch wilderes Sexleben als ein Paar.

Oder keines, so wie du.

Mit verdrossener Miene blickte Garett auf die Homepage eines Privatinstituts, die er eben angeklickt hatte. Perfektes Deutsch in nur vier Wochen, wurde da versprochen. Er bezweifelte, dass dies funktionierte. Die deutsche Sprache war ziemlich kompliziert.

Nicht halb so kompliziert wie dein momentaner Zustand.

Damned, konnte man diese nervende innere Stimme nicht irgendwo abstellen? Garett knurrte missmutig, aber ganz leise, damit die Leute nebenan es nicht hörten. Dennoch hatte er plötzlich das ungute Gefühl, beobachtet zu werden. Abrupt blickte er nach links und fand seine Vermutung bestätigt. Eine Frau mit langen schwarzen Haaren, etwa um die Dreißig, starrte ihn durchdringend an. In ihren dunkelbraunen Augen lag ein ablehnender, ja geradezu feindseliger Blick.

Was sollte das denn?

Irritiert runzelte er die Stirn, doch im selben Moment drehte sich die Frau um. Konsterniert starrte Garett auf ihren Hinterkopf und versuchte erst gar nicht, den Gedanken zu unterdrücken, der ihm spontan kam. *Hoffentlich zieht die nicht hier ein.*

Obwohl, warum nicht? Sie war ihm jetzt schon unsympathisch und zudem als Frau absolut uninteressant. Er stand nicht auf Dunkelhaarige. Lieber sie, als eine hübsche charmante Blonde, die ihm gefiel und damit seinen inneren Konflikt verstärken würde. Oder gar eine unsägliche zweite Miss Bird, die ihn anhimmelte! Am liebsten hätte er jedoch einen männlichen Nachbarn und als der Hausverwalter die Gruppe nun wieder hinein führte, schickte Garett ihm die flehende stumme Bitte hinterher, einen Mann auszuwählen.

Nachdem er noch eine Zeit lang weiter im Internet gesurft hatte, fuhr er den Laptop herunter und beschloss, tatsächlich ins Kino zu gehen. Männer-Action statt Gefühlschaos. Es war nur ein Aufschub, das war Garett bewusst. Wollte er jemals wieder eine Frau in den Armen halten, musste er lernen, seine Angst zu überwinden. Die entscheidende Frage lautete nur: Würde er je den Mut dazu aufbringen?

Die deutsche Niederlassung von Blackwood Inc. arbeitete hauptsächlich für mittelgroße Firmen aus der Chemiebranche und dem medizinischen Sektor, wie z.B. Laboratorien. Jeden Montagmorgen um Viertel nach acht, traf sich die komplette Belegschaft zum wöchentlichen Meeting. Anders als im amerikanischen Firmenhauptsitz, wo es immer sofort zur Sache ging, dienten hier die ersten fünfzehn Minuten ausschließlich dem persönlichen Austausch zwischen den Mitarbeitern. Jeder, der wollte, konnte erzählen, was ihn oder sie gerade bewegte oder wie das Wochenende gewesen war. Neben der legeren Kleiderordnung war dies ein weiterer Unterschied zwischen Seattle und Köln, den Garett sehr schätzte, gleichwohl er selbst meistens schwieg und nur zuhörte.

Dafür redete Kilian umso mehr. Auch an diesem Montag.

Rooster berichtete ausführlich und begeistert von einer neu eröffneten Diskothek, die er und seine Freunde unsicher gemacht hatten. „Ich bin halt ein Feierbiest", meinte er und grinste selbstgefällig in die Runde. Dass Claudia, die einzige Frau in seinem Team und Miriam genervte Blicke tauschten, bemerkte er dabei nicht. „Was ist mit dir, Parker?", wandte er sich nun an Garett. „Haste nicht Lust, nächsten Samstag mal mitzukommen?"

Das war nicht sein Ernst, oder? Verdutzt blickte Garett ihn an. Hatte der eitle Womanizer etwa noch nicht begriffen, wie unterschiedlich sie beide waren? Seine Einladung war ja nett gemeint, aber mit einer Horde, randvoll mit Testosteron angefüllten Männern durchs Kölner Nachtleben zu ziehen, lag ihm ferner, als ein Spaziergang auf dem Mond. „Nein danke, das ist nicht mein Ding", antwortete er mit einem höflichen Lächeln, war sich jedoch darüber im Klaren, dass jeder hier im Raum die kühle Distanz in seinen Worten herausgehört hatte.

Einer offenbar nicht.

„Ach komm schon, das wird dir bestimmt guttun", entgegnete Kilian unbeeindruckt. „Was machst du denn am Wochenende immer, so ganz allein?"

Garett erstarrte und rund um den Tisch sogen mehrere Kollegen bestürzt die Luft ein, denn die Frage war ein Fauxpas. Natürlich wussten alle, dass er verwitwet war, doch kein anderer hätte ihn je derart unverblümt darauf angesprochen. Hans-Gerd warf Kilian einen äußerst scharfen Blick zu. Erst da begriff dieser, dass er soeben eine persönliche Grenze verletzt hatte. Rooster wurde blass und schluckte mehrmals krampfhaft. Es war offensichtlich, dass er nach

Worten rang, aber keine fand und sich am liebsten in Luft aufgelöst hätte.

Unvermittelt bekam Garett Mitleid mit ihm. Kilian war zwar ein Angeber und würde gewiss nie sein Freund werden, aber er hatte es nicht böse gemeint, sondern einfach nicht nachgedacht. Das konnte Jedem passieren und er schien ehrlich zerknirscht zu sein.

„It's okay, Kilian", sagte Garett deshalb ruhig. „Und zu deiner Information, ich sitze am Wochenende keineswegs trübselig daheim, sondern unternehme viel. Am Samstag war ich zum Beispiel im Kino." Er berichtete kurz von dem Film, der enorm spannend gewesen war. „Von den Dialogen hab ich zwar nicht viel verstanden, aber das wird sich ab August ändern", erklärte er und schaute nun absichtlich hinüber zu Hans-Gerd. „Ich habe mich zu einem Deutschkurs angemeldet."

Gestern hatte er das gemacht; online, bei diesem Privatinstitut. Einzelunterricht, fünfzehn Stunden die Woche. Montags bis freitags, jeweils von 19-22 Uhr. Die Details erwähnte Garett jedoch nicht. Er hatte dem Geschäftsführer lediglich signalisieren wollen, dass er bereit war zu bleiben, und dieser verstand.

Hans-Gerd lächelte kaum merklich. „Ein weiser Entschluss", sagte er bedächtig und griff, nach einem Blick auf seine Uhr, nach den Unterlagen vor ihm auf dem Tisch. „Nun, die Redezeit ist um, also lasst uns anfangen."

Ihr derzeit größtes Projekt war die Programmierung einer neuen Packstraße für einen Düngemittelhersteller. Garett und Kilian erläuterten nacheinander, wie weit beide Teams in der vergangenen Woche vorangekommen waren. Sie lagen gut im Zeitplan und würden etwa Mitte August fertig sein.

„Sehr gut."

Hans-Gerd nickte lobend und sprach das nächste Thema an.

Nach dem Meeting ging Garett zurück in sein Büro. Die Türe ließ er offen, das war hier, anders als in Seattle, ausdrücklich erwünscht. Einer der Leitsätze von Hans-Gerd Holtdorf lautete:

Offene Türen – offene Mitarbeiter.

Der Geschäftsführer kam eine halbe Stunde später zu ihm und setzte sich leger auf die Schreibtischkante.

„Du wirst also bleiben." Das war keine Frage, sondern eine Feststellung und seine Miene zeigte deutlich, wie erfreut er darüber war.

„Wenn ich die Probezeit bestehe", antwortete Garett. Auch dies war keine Frage, das wussten sie beide. Er schmunzelte deshalb, als Hans-Gerd gespielt skeptisch den Kopf hin und her neigte. „Na ja, du bist nicht so schlecht, wie ich anfangs dachte", sagte sein Boss gedehnt und zwinkerte verschmitzt. „Willst du es Big Black selber mitteilen, dass er deinen alten Posten neu besetzen kann oder soll ich das übernehmen?"

„Nein, ich mach das schon", erwiderte Garett selbstbewusst. Immerhin war er ja jetzt Teamleiter. „Ich schreib ihm nachher eine Mail." Auch Maureen würde er informieren. Die Assistentin war eine treue Seele. Sie fragte immer wieder mal nach, wie es ihm ging, bestellte Grüße von seinen ehemaligen Kollegen und ermahnte ihn stets, zu frühstücken. Das tat er weiterhin selten. Auf dem Weg zur Firma kam er jedoch an einem Bäcker vorbei. Es gab auch Donuts dort, aber die ließ er links liegen, denn die Vielfalt an deutschen Backwaren war überwältigend. Besonders die Mohnbrötchen hatten es ihm angetan. Die waren unglaublich lecker!

„Was ist mit deinem Appartement?", wollte Hans-Gerd wissen. „Sollen wir verlängern oder suchst du dir eine größere Wohnung?" Der Mietvertrag lief über die Firma und war nur für die Probezeit abgeschlossen worden, allerdings mit der Option für drei weitere Jahre. „Verlängern", erwiderte Garett ohne zu zögern. Das Appartement war preiswert, er fühlte sich darin wohl und es reichte völlig aus für ihn allein. Gewiss, da waren noch die Krügers, aber selbst sie stellten keinen Grund dar, unbedingt wegzuziehen. Sexuell aktive Nachbarn konnten ihm woanders ebenso blühen.

„Gut, dann bitte ich Miriam, dass sie das erledigen soll." Hans-Gerd stand auf. „Du hast übrigens vorhin bemerkenswert souverän reagiert unserem Feierbiest gegenüber", sagte er beim Hinausgehen und verschwand im Flur. Das war typisch für ihn. Er lobte seine Mitarbeiter oft so nebenbei.

Garett lächelte, griff nach der Maus und öffnete die Anwendung der Packstraße.

Am späten Abend, Garett wollte gerade zu Bett gehen, piepste sein Smartphone.

Entschuldige, dass ich mich jetzt erst melde, aber wir sind spontan bis gestern Abend am See geblieben und heut früh war die Zeit zu knapp. Bist du noch wach? Mum

Na endlich! Er hatte ihr gestern eine WhatsApp geschickt, mit der Bitte, sie möge ihn so bald wie möglich anrufen und bereits ungeduldig auf ihre Antwort gewartet. Rasch schrieb Garett zurück.

Ja, warte fünf Minuten, ich fahr schnell meinen Laptop hoch.

Seine Mutter hatte ihr Wochenende sichtlich genossen, das sah er sofort. Anders als am Samstag verspürte er diesmal jedoch keinen neidvollen Stich und war froh darüber. „Hallo, mein Sohn", begrüßte sie ihn fröhlich. „Was gibt es denn so Wichtiges?"

„Ich habe mich entschieden, in Köln zu bleiben", sagte er ohne Umschweife. „Hans-Gerd weiß schon Bescheid."

Sheila Parker riss überrascht die Augen auf, doch gleich darauf begann sie strahlend zu lächeln. „Wie wunderbar, Darling, ich hatte so sehr darauf gehofft", rief sie begeistert. „Ich wünsche dir von Herzen, dass du dort glücklich wirst und das meine ich nicht bloß beruflich."

Damned!

„Mum, bitte lass das", entgegnete Garett, um einiges schärfer, als er eigentlich wollte und blickte finster auf die Tastatur. „Mein Job macht mich glücklich, das genügt mir." Ein entrüstetes Schnauben ertönte daraufhin und da er dieses Geräusch seit seiner Kindheit kannte, war ihm sofort klar, was jetzt kam.

„Garett Parker, du lügst. Sieh mich an."

Widerstrebend schaute er auf, geradewegs in ihre grauen Augen und schluckte heftig. Ihr liebevoll-strenger Mutterblick sagte alles. Sie wusste längst, wie es ihm erging. „Ich weiß, dass du Angst hast", sagte sie und nun klang ihre Stimme ganz sanft. „Aber die Schatten der Vergangenheit sollten nicht auf ewig unser Leben bestimmen."

Garett schluckte erneut bei diesen Worten. Wie gerne hätte er sie als leere Floskel abgetan, aber das konnte er nicht. Seine Mutter war das beste Beispiel dafür, dass sie eine Wahrheit enthielten, die er nicht leugnen konnte. Er erinnerte sich nur zu gut daran, wie lange sie seinem „Dad" hinterher getrauert hatte. Viele Jahre war Sheila Parker allein geblieben, hatte sich auf den Beruf konzentriert und auf ihren Sohn. Eines Tages jedoch war Scott aufgetaucht. Der neue Kollege war ihr sympathisch und als er nach einigen Wochen vorsichtig anfragte, ob sie mal mit ihm ausgehen würde, sagte sie ja. Die Beziehung zwischen den Zweien hatte sich sehr langsam entwickelt, denn auch Scott hatte eine schmerzhafte Scheidung hinter sich. Letztendlich hatten sie jedoch beide den Mut gefunden, sich noch einmal auf die Liebe einzulassen.

Garett seufzte tief. Genau dieser Mut fehlte ihm. „Mum, du hast ja Recht", sagte er mit gequälter Miene. „Aber ich kann mir momentan einfach noch nicht vorstellen, dass ich diese Angst je überwinden kann." „Eines Tages wird es dir gelingen", erwiderte seine Mutter eindringlich. „Daran glaube ich ganz fest und du solltest es auch tun." Davon war er meilenweit entfernt, doch ihre Zuversicht berührte ihn und deshalb antwortete Garett leise:

„Ich werde es versuchen."

Kapitel 5

Garett trat unter den kalten Wasserstrahl und stöhnte erleichtert auf.

„Yes." Heaven, tat das gut!

Seit Anfang August herrschte in ganz Deutschland eine mörderische Hitze. Tagsüber kletterten die Temperaturen bis auf 42 Grad und fielen nachts kaum unter fünfundzwanzig. Einen solch heißen Sommer hatte er noch nie erlebt. Jeden Morgen wachte er völlig verschwitzt auf. Die erste Dusche hielt gerade so bis zur Firma. Dort half zum Glück die Klimaanlage, einen kühlen Kopf zu bewahren. Das war auch notwendig, denn sie arbeiteten momentan intensiv am Abschluss für die Packstraße. Nach Feierabend lief er so schnell wie möglich nach Hause, doch diese paar Minuten reichten aus, dass er noch vor dem Abendessen erneut duschen musste. Und wenn er dann wie jetzt spätabends schweißgebadet und mit brummendem Kopf von seinem Deutschkurs zurückkam, erfolgte Dusche Nummer drei. Sein Dozent, ein älterer humorvoller Herr, kannte keine Gnade. Er peitschte ihn von Lektion zu Lektion. Es war enorm anstrengend, machte aber trotzdem großen Spaß und Garett staunte immer wieder, wie viel er in den ersten beiden Wochen bereits gelernt hatte.

Wenn es bloß nicht so heiß wäre!

Die hohen Temperaturen brachten jedoch auch einen Vorteil. Er war viel zu erschöpft, um momentan Sehnsucht nach einer Frau zu verspüren, geschweige denn nach Sex und offensichtlich erging es den Krügers ebenso. Deshalb konnte Garett zurzeit ohne Ohrstöpsel schlafen. Allerdings hätte er sie liebend gern tagsüber öfters benutzt, besonders am Wochenende. Manchmal hatte er das Gefühl, Jeanette und Max schienen es zu riechen, wenn er sein Appartement verließ oder nach Hause kam. Die beiden liefen ihm ständig über den Weg und da er ihnen leichtsinnigerweise von seinem Kurs erzählt und sie gebeten hatte, Deutsch mit ihm zu sprechen, verwickelten sie ihn stets in ein Gespräch, meist über die USA. Sie meinten es gewiss nett, aber inzwischen nervten Garett die ständigen, sich wiederholenden Lobeshymnen über sein Heimatland ein wenig. Es war ja nicht so, als wären die Staaten das Paradies auf Erden. Zudem fand er es sehr ermüdend, dass Jeanette beinahe jeden Satz mit einem „Oh" begann.

„Oh, ist es nicht furchtbar heiß heute?"

„Oh, Max, weißt du noch, als wir in Miami waren?"

Garett trat aus der Dusche, trocknete sich ab und fragte sich nicht zum ersten Mal, wie Max das aushielt.

Ob Jeanette auch beim Sex…?

„Damned, Parker!"

Er prustete heftig und löschte den Gedanken unverzüglich aus seinem Gehirn. Nein, oh nein, das wollte er ganz bestimmt nicht wissen! Er war einfach nur froh, dass die Turteltäubchen pausierten.

Nach einer weiteren viel zu warmen Nacht, stand er am Samstag um halb neun auf, duschte und lief danach flott zum Einkaufszentrum. Er benötigte noch ein paar Sachen fürs Wochenende, unter anderem ein neues Duschgel. Als er eine halbe Stunde später, schon wieder verschwitzt, den Wohnblock betrat, kam Jeanette ihm entgegen. „Oh, guten Morgen, Garett!", rief sie heiter. „Du warst schon unterwegs?"

„Ja, einkaufen."

„Das sehe ich." Sie zeigte auf die Tüte in seiner Hand und kicherte albern. Das tat sie häufig. Noch ein Grund, weshalb er Max mittlerweile aufrichtig bemitleidete, obwohl das unnötig war. Der junge Mann liebte sein „Baby" heiß und innig.

Jeanette setzte gerade an weiterzureden, doch just in diesem Moment ging die Haustüre auf und eine Frau, die Garett augenblicklich wiedererkannte, betrat den Flur. Es war die Dunkelhaarige, die ihn damals auf der Terrasse so feindselig angestarrt hatte, warum auch immer. Der Schlüssel in ihrer linken Hand bewies unmissverständlich, dass nun doch ausgerechnet sie seine Nachbarin wurde. Kein Mann also. Garett schluckte frustriert.

Sei froh, dass es wenigstens keine zweite Miss Bird ist.

„Guten Tag", grüßte sie knapp, ohne ihn oder Jeanette direkt anzusehen und marschierte auf ihr Appartement zu.

„Oh, sind Sie die neue Mieterin?", fragte Jeanette wissbegierig. Die Frau blieb stehen und drehte sich zögernd um. „Ja, ich ziehe Ende des Monats hier ein", antwortete sie kühl. Es war deutlich zu erkennen, dass es ihr missfiel, angesprochen worden zu sein. Jeden anderen hätte das abgeschreckt, nicht jedoch Jeanette.

„Oh, wie schön!", rief sie verzückt aus. „Willkommen in unserem Haus. Ich bin Jeanette Krüger aus dem ersten Stock und das hier ist Garett Parker. Er ist Amerikaner, aus Seattle und wohnt neben Ihnen. Waren Sie schon mal in Amerika? Mein Mann, er heißt Max, und ich haben unsere Flitterwochen dort verbracht. Wir lieben dieses Land! Und wie ist Ihr Name?"

Garett musste unwillkürlich schmunzeln bei ihrer Tirade. Das war typisch Jeanette. Immer herzlich, aber eben auch sehr redselig. Seine zukünftige Nachbarin wusste offenbar nicht, was sie davon halten sollte. Sie musterte die junge Frau einige Sekunden lang abschätzend, dann rang sie sich ein schwaches Lächeln ab und sagte:

„Ich heiße Constanze Vogel."

Heaven!

„Vogel?", stieß Garett perplex aus und lachte ungläubig. Sie war doch eine Miss Bird, nicht zu fassen! Angst, dass sie jemals so aufdringlich werden würde, wie jene in Seattle, musste er freilich nicht haben. Ein eisiger Blick traf ihn und ihre Stimme klirrte frostig, als sie auf Englisch fragte:

„Haben Sie ein Problem mit meinem Namen, Mr. Parker?"

„No", entgegnete er kurzangebunden, sauer auf sich selbst. Hätte er bloß den Mund gehalten!

„Oh, Sie können ruhig Deutsch mit ihm reden, Garett macht gerade einen Kurs", erklärte Jeanette neben ihm eifrig. „Sie werden sich also bestens verstehen." Das bezweifelte Garett, so mokant, wie Constanze Vogel die Augenbrauen anhob. Gereizt kniff er die Lippen zusammen. Sein erster Eindruck von ihr war absolut richtig gewesen. Welch eine unsympathische Person. „Und was machen Sie heute hier?", wollte Jeanette von ihr wissen. „Renovieren?"

„Nein, das mache ich erst nächstes Wochenende. Heute messe ich nur die Wände aus."

„Oh, Max und ich helfen Ihnen gerne beim Streichen oder Tapezieren und du bestimmt auch, oder?" Jeanette blickte erwartungsvoll zu Garett. Dieser war derart baff über ihr Ansinnen, dass ihm im ersten Moment die Luft wegblieb. Doch dann sah er, dass Constanze Vogel ihn mit verächtlich zuckenden Lippen beobachtete und in seinem Magen begann es ärgerlich zu brodeln. Jetzt reichte es ihm! Da sie offenkundig erwartete, dass er stotternd nach einer Ausrede suchen würde, tat Garett genau das Gegenteil.

„Selbstverständlich!", rief er enthusiastisch. „Auf jeden Fall!" Als sie daraufhin verblüfft den Mund öffnete, grinste er süffisant und setzte noch einen drauf. „Klingeln Sie bei mir, wann immer Sie mich brauchen", sagte er mit gönnerhafter Miene. „Ich bin jederzeit für Sie da, Frau Vogel."

„Oh, Garett, das hast du aber schön gesagt", hauchte Jeanette hingerissen.

„In der Tat", sagte Constanze Vogel langsam und schoss einen weiteren eisigen Blick auf ihn ab, der ihm zeigte, dass sie im Gegensatz zu Jeanette kapierte, dass er eine Riesenshow abzog. „Ich werde es mir merken, Mr. Parker."

„Das hoffe ich", entgegnete Garett übertrieben freundlich, wünschte ihr und Jeanette noch einen schönen Tag und schlenderte zu seiner Türe. Dabei pfiff er triumphierend die amerikanische Nationalhymne vor sich hin. Oh ja, das würde sie sich garantiert merken, diese arrogante, unsympathische Miss Bird. Sie wusste jetzt, dass sie ihn nicht provozieren sollte und wenn sie klug war, machte sie künftig sofort die Flatter, sobald sie ihn sah.

Wie Dean Miller damals Garett gegenüber erwähnt hatte, ging Hans-Gert Holtdorf mit seinen Mitarbeitern gerne ab und zu ein Bier trinken. Anlass hierfür war meist ein erfolgreich abgeschlossenes Projekt. Aus diesem Grund begab sich die komplette Belegschaft am nächsten Freitagabend in eine kleine urige Kneipe im Herzen des Stadtteils. Die Arbeiten an der Packstraße waren vollendet und das sollte gefeiert werden. Garett hatte deshalb seinen Deutschkurs für heute abgesagt. Sein Dozent war einverstanden gewesen, den Lernstoff der drei entfallenen Stunden in die kommende, letzte Kurswoche mit „hinein zu quetschen." Dass dies stressig werden würde, war Garett bewusst, aber das war es ihm wert, denn der Abend wurde genauso vergnüglich, wie seine Teammitglieder ihm prophezeit hatten. Er konnte sich nicht daran erinnern, wann er zuletzt so viel gelacht hatte.

Erst kurz vor Eins verließ er als einer der Letzten, gemeinsam mit Kilian und Hans-Gerd die Kneipe. Zugegeben nicht mehr ganz nüchtern, aber im Gegensatz zu Rooster war er noch topfit. Dieser schwankte schon beträchtlich, als er in das bestellte Taxi stieg, das ihn zu seinem Lieblingsclub bringen würde, in dem seine Freunde auf ihn warteten. „Die Nacht fängt ja grad erst an", nuschelte er und blickte feixend zu Garett hoch. „Willste nich doch mal mitkommen, Parker?"

„Nein." Garett schüttelte entschieden den Kopf. „Gib es auf, Kilian, ich bin kein Feierbiest."

„Dein Pech. Wir sehn uns, Männer!" Rooster salutierte und schlug die Türe zu.

„Er wird morgen garantiert einen üblen Kater haben", bemerkte Hans-Gerd trocken und reichte Garett zum Abschied die Hand. „Komm gut heim und schönes Wochenende!"

„Dir auch, gute Nacht."

Am nächsten Morgen wurde Garett von einem lauten, penetranten Geräusch geweckt. Unwillig brummte er in sein Kissen, doch es hörte nicht auf und schließlich erfasste sein träges Gehirn, dass jemand bei ihm Sturm klingelte. Da es die interne Melodie war, konnten das bloß die Krügers sein, denn sie waren die einzigen, mit denen er hier im Haus Kontakt hatte. Schlaftrunken sah er auf seine Armbanduhr und traute seinen Augen nicht. Halb sieben? Heaven, was wollten die beiden denn an einem Samstag um diese Uhrzeit so dringend von ihm? Brannte es oder was?

Benommen kletterte Garett aus dem Bett und wankte zur Türe.

„Guten Morgen, Mr. Parker, sind Sie bereit?"

Das ist ein Albtraum.

Perplex blinzelte er zwei Mal, aber Constanze Vogel verschwand nicht. „Bereit wofür?", krächzte er verwirrt.

„Na, mir beim Renovieren zu helfen."

Seine neue Nachbarin hob den Farbeimer hoch, den sie in der rechten Hand hielt. Fassungslos stierte Garett sie an und blinzelte erneut. Vergeblich, sie stand immer noch da.

„Äh, Frau Vogel, es ist noch sehr früh am Morgen", stammelte er auf Englisch, gänzlich überfordert mit der Situation. Überdies wurde ihm nun entsetzt bewusst, dass er lediglich einen Pyjama anhatte. Mein Gott, wie peinlich, insbesondere gegenüber dieser Frau.

„Na und?", entgegnete sie forsch, ebenfalls in seiner Sprache. „Sie versprachen mir, *jederzeit* für mich dazu sein, wenn ich Hilfe brauche und das ist jetzt. Ich erwarte Sie daher in spätestens zehn Minuten."

Garett öffnete den Mund und schloss ihn sofort wieder, weil er keine Ahnung hatte, was er sagen sollte. Constanze Vogel grinste nun süffisant. „Keine Sorge, Sie bekommen von mir auch einen extra starken Kaffee", sagte sie mit zuckersüßer Stimme, drehte sich schwungvoll um und marschierte zu ihrem Appartement. Dabei pfiff sie triumphierend die deutsche Nationalhymne vor sich hin.

DAMNED!

Garett wurde schlagartig wach. Dieses unverschämte Vögelchen hatte ihn soeben mit seinen eigenen Waffen provoziert! *Na, warte!* Jeder, der ihn kannte, wusste, dass Garett Parker kein Mann war, der schnell wütend wurde. Aber jetzt kochte er. Miss Bird wollte Krieg? Den bekam sie! Provozieren konnte er auch.

Neuneinhalb Minuten später klingelte er bei ihr, bereit für die nächste Schlacht, die zu gewinnen er sich geschworen hatte. Er hatte in Windeseile kalt geduscht, eine halbe Flasche Wasser getrunken und zu guter Letzt zehnmal hintereinander tief durchgeatmet. Ein Trick, den ihm damals der Psychologe beigebracht hatte. Unerträgliche Gefühle konnte man damit eindämmen. Trauer ebenso wie Wut. Constanze Vogel, die ihm jetzt mit demselben süffisanten Grinsen wie vorhin die Türe öffnete, würde sich wundern, falls sie glaubte, er wäre eingeknickt. Keinen einzigen Handschlag gedachte er jemals für sie zu tun. Er war bloß hier, um sie endgültig in die Schranken zu weisen.

Garett lächelte noch überheblicher als sie und eröffnete seinen Feldzug. „Gut, dass Sie mich geweckt haben", sagte er, absichtlich auf Deutsch, um ihr zu signalisieren, dass er jetzt im Vollbesitz seiner geistigen Kräfte war, und zwängte sich unverfroren an ihr vorbei in den kleinen Flur. „Frauen sind ja, wie man weiß, miserable Handwerker."

Die von ihm erhoffte Reaktion kam prompt. Miss Bird sog hörbar die Luft ein und zischte:

„Schwachsinnige Machosprüche können Sie woanders machen, aber nicht hier, ist das klar?"

Garett ignorierte die Frage und lief schnurstracks geradeaus in das größere Zimmer, dessen Boden bereits professionell mit Planen abgedeckt war. Der Eimer, den sie vor seiner Nase geschwenkt hatte, stand geöffnet auf dem Fensterbrett. Ein zartgelber Farbton, den er sich gut in diesem Raum vorstellen konnte.

„Oh, my God!", rief er dennoch übertrieben entsetzt aus. „Das ist ja eine abscheuliche Farbe, die Sie ausgewählt haben!" Er grinste zufrieden, als sie hinter ihm empört schnaubte.

„Ihre Meinung interessiert mich nicht, Mr. Parker." Eiskalt klang ihre Stimme, doch er hörte die unterschwellige Wut heraus.

Sehr gut!

„Okay." Garett zuckte gleichgültig mit den Schultern, drehte sich um und schoss den nächsten Pfeil ab. „Sie versprachen mir doch Kaffee", sagte er brüsk. „Wo ist er denn, Birdie?"

„Birdie?"

Constanze Vogel spie das Wort regelrecht aus. Ihre dunklen Augen loderten jetzt unverhüllt feindselig. Volltreffer! Er hatte gewusst, dass es sie wütend machen würde, wenn er ihren Namen verulkte.

„Verzeihung, darf ich Sie etwa nicht so nennen?", fragte Garett mit Unschuldsmiene seelenruhig. „Das war nett gemeint." Er hatte das letzte Wort noch nicht zu Ende gesprochen, da explodierte sie.

„Nett?", schrie sie gellend. „Sie sind alles, Mr. Parker, aber nicht nett!" Ihr schmales Gesicht glühte vor Zorn. „Verschwinden Sie, sofort! Sie, Sie arrogantes Arschloch!"

Garett hob erstaunt die Augenbrauen. Nicht wegen des Schimpfwortes, das hatte er zugegebenermaßen verdient, sondern weil sie ihn rausschmiss. Sie gab auf? Jetzt schon? Wow, das ging ja schneller, als erwartet. Miss Bird hatte offenbar keine Munition mehr und kapitulierte. Der Sieg war ihm.

Yes!

„Wie Sie wünschen." Er grinste selbstgefällig und schlenderte an ihr vorbei hinaus in den Flur. „Einen schönen Tag noch, Birdie."

„RAUS!!!"

Garett lachte laut auf und beeilte sich dann, aus dem Appartement zu kommen, ehe sie ihm den Farbeimer hinterher warf.

Befriedigt streckte er sich eine Minute später auf seinem Bett aus. Aufgeputscht durch seinen Sieg dauerte es geraume Zeit, bis er wieder einnickte, aber dann schlief er traumlos durch bis nachmittags um Zwei. Beim Wachwerden fiel ihm sofort die Episode vom Morgen wieder ein und er stand feixend auf. Arme Birdie, mit dieser Niederlage hatte sie garantiert nicht gerechnet.

Die Gluthitze der vergangenen Wochen hatte in den letzten drei Tagen langsam, aber stetig nachgelassen. Es war immer noch warm, aber erträglich und deshalb fuhr Garett, nachdem er zwei Tassen Kaffee getrunken und einen Apfel gegessen hatte, in die City. Der Herbst schien zwar momentan noch weit weg, dennoch wollte er sich jetzt schon einige wärmere Klamotten zulegen. Um halb sechs bestieg er im Hauptbahnhof die Bahn zurück und betrachtete zufrieden seine Ausbeute. Drei Pullover, eine Thermojeans und eine neue dicke Regenjacke. Außerdem hatte er sich eine Armbanduhr gegönnt. Sie war teuer gewesen. Sehr teuer sogar, doch er fand, dass er sie verdient hatte nach dem fulminanten Sieg über Miss Bird.

Aus deren Appartement ertönte vertrautes, albernes Kichern, als Garett das Haus betrat. „Oh, du bist so lustig, Constanze."

Lustig? Was faselte Jeanette denn da? Garett schüttelte den Kopf. Ihm fielen so manche Adjektive ein für seine Nachbarin. Arrogant, feindselig, eisig, um nur drei zu nennen, aber ganz gewiss nicht „lustig". Er stellte die Einkaufstüte ab und schloss seinen Briefkasten auf. Wie immer waren nur Werbeprospekte darin, die er direkt in die Altpapiertonne warf, die unterhalb der Treppe stand. Im selben Augenblick ging die Türe von Constanze Vogel auf und Max und Jeanette traten heraus. Die Kleidung der beiden war mit Farbspritzern übersät und sie lächelten vergnügt, doch das änderte sich schlagartig, als sie ihn bemerkten. Irritiert blickte Garett sie an. Dass seine Nachbarin, die hinter ihnen stand, ihn mit Blicken durchbohrte, überraschte ihn nicht, aber wieso schaute das junge Paar denn auf einmal so ernst drein? „Hallo", begrüßte er sie betont freundlich, erhielt jedoch keine Antwort. Jeanette und Max liefen schweigend und ohne ihn anzusehen an ihm vorbei und eilten die Treppe hinauf.

Konsterniert sah Garett ihnen hinterher. Was war denn mit denen los? Hatte er ihnen etwas getan? Da vernahm er plötzlich hinter seinem Rücken ein leises, amüsiertes Hüsteln und kapierte jäh. Diese verdammte Miss Bird! Garantiert hatte sie den zweien von heute Morgen erzählt und ihn dabei als Bösewicht hingestellt, während sie das „arme unschuldige Opfer" war. Erneut wallte heftige Wut in ihm auf. Er schnellte herum und fixierte sie mit bitterbösem Blick.

„Was für eine Lüge haben Sie den beiden aufgetischt?"

„Lüge?"

Constanze Vogel lächelte sarkastisch. „Mr. Parker, ich habe ihnen nur die Wahrheit gesagt."

„Ach ja, welche denn?", knurrte er giftig. „Ihre oder meine?"

„Ihre selbstverständlich", entgegnete sie seelenruhig. „Dass Sie nicht eine Sekunde lang beabsichtigt hatten, mir zu helfen. Die beiden sind sehr enttäuscht von Ihnen." Sie drehte sich um und schloss sachte die Türe und das war tausendmal schlimmer, als hätte sie sie zugeknallt.

Garett blickte auf seine neue Uhr, die plötzlich am Handgelenk brannte und schluckte heftig.

Damned, Parker!

Sein vermeintlicher Sieg war gar keiner. Diese Einsicht kam jedoch zu spät. Für einen billigen Triumph hatte er sein gutes Ansehen bei Jeanette und Max verspielt und obwohl sie ihn oft nervten, war ihm das alles andere als egal. Jetzt war er nicht mehr der coole Amerikaner, sondern ein arrogantes Arschloch, auf dessen Wort man sich nicht verlassen konnte. Ein miserables Vorbild für die zwei jungen Menschen. Dabei spielte es überhaupt keine Rolle, dass Constanze Vogel ihn zuerst provoziert hatte. Aus einem ihm unerklärlichen

Grund konnte diese Frau ihn nicht ausstehen. Weshalb war ihm letztendlich egal, schließlich war sie ihm ebenfalls zuwider, doch das änderte nichts daran, dass er sich ihr gegenüber unmöglich verhalten hatte. Anstatt ruhig und abgeklärt zu reagieren, hatte er unreif und beleidigend zurück provoziert und war nun der Verlierer.

In der Nacht auf Sonntag schlief er schlecht.

Das lag teils an Max und Jeanette, die die nachlassende Hitze sofort begeistert ausnutzten, doch hauptsächlich an seinem schlechten Gewissen und das Allerschlimmste war, dass er genau wusste, es gab bloß eine Möglichkeit, dieses wieder loszuwerden. Der Gedanke war ihm zutiefst zuwider, aber es gab keinen anderen Weg: Er musste sich bei Constanze Vogel entschuldigen.

Aus diesem Grund klingelte er am Sonntag mehrfach bei ihr, jedoch vergeblich. Anscheinend war sie, dank der ehrlichen Hilfe von Jeanette und Max, bereits gestern fertig geworden. Demnach musste er warten, bis sie nächstes Wochenende einzog. Das gefiel ihm gar nicht. Garett hätte dieses heikle Gespräch gern so schnell wie möglich hinter sich gebracht. Falls seine Nachbarin ihm überhaupt die Chance dazu gab. Womöglich weigerte sie sich ja, ihm zuzuhören.

Als seine Mum abends anrief, merkte sie sofort, dass etwas mit ihm nicht stimmte. „Was ist los, Garett?"

„Hast du dich schon einmal bei jemandem entschuldigen müssen, der dir absolut unsympathisch ist?", fragte er missmutig. „Ich hab dir doch von dieser arroganten Miss Bird erzählt, die neben mir einzieht." Er schilderte kurz, was geschehen war.

„Sie hat also nicht die Flatter gemacht, wie du erwartet hast, sondern sich clever gewehrt?" Sheila Parker lachte amüsiert. „Dumm ist die Frau offenbar nicht."

„Mum!" Garett schaute sie verärgert an, weil das beinahe bewundernd klang. „Auf wessen Seite stehst du?"

„Auf deiner, Darling", sagte sie beschwichtigend. „Trotzdem bin auch ich der Meinung, dass du dich bei ihr entschuldigen musst."

„Das werde ich", antwortete er grollend, „aber eins sag ich dir: wenn sie meine Entschuldigung ablehnt und mich weiterhin provoziert, ziehe ich von hier weg und zwar schnellstens."

Das war sein bitterer Ernst. Er hatte nicht vor, sich von einer zweiten Miss Bird das Leben schwer machen zu lassen.

Kapitel 6

„Meinen Glückwunsch, Mr. Parker. Sie haben es geschafft, die Schinderei hat ein Ende."

Sein Dozent überreichte ihm augenzwinkernd die Urkunde, die bestätigte, dass Garett Parker seinen Deutschkurs erfolgreich absolviert hatte. „Alles Gute für Sie."

„Vielen Dank, das wünsche ich Ihnen auch."

Garett schüttelte dem älteren Herrn zum Abschied herzlich die Hand und verließ frohgemut zum letzten Mal das Institut.

Zuhause hängte er die Urkunde an der Wand über seinem Bett auf und betrachtete sie stolz. Das schweißtreibende, intensive Lernen hatte sich wirklich gelohnt. Er verstand jetzt meist, was um ihn herum gesprochen wurde und konnte sich problemlos verständigen. Oft benutzte er zwar noch falsche Wörter und sein Akzent war nicht zu überhören, doch das waren unbedeutende Kleinigkeiten. Garett war sehr zufrieden mit sich. Zumindest diese Herausforderung hatte er fabelhaft gemeistert.

Eine andere, weitaus unangenehmere, stand ihm noch bevor. Morgen zog Constanze Vogel neben ihm ein.

Leider.

Garett seufzte tief. Er hatte in der vergangenen Woche hin und her überlegt, wie er vorgehen sollte. Die erste Idee, seine neue Nachbarin direkt bei ihrer Ankunft anzusprechen, verwarf er rasch. Eine hastige Entschuldigung zwischen Tür und Angel, während sie mit dem Einzug beschäftigt war, hatte wenig Aussicht auf Erfolg. Außerdem brachte sie bestimmt Helfer mit und das Letzte, was er brauchte, waren Zeugen bei seiner Aussprache mit ihr. Aus diesem Grund hatte Garett letztendlich den Entschluss gefasst, mit seiner Entschuldigung bis Sonntag zu warten. Und einerlei, wie Miss Bird darauf reagierte, würde er Jeanette und Max davon erzählen, um sich bei den beiden zu rehabilitieren. Er hatte das junge Paar seit letzten Samstag nicht mehr gesehen. Zweifellos gingen sie ihm absichtlich aus dem Weg und das belastete sein Gewissen zusätzlich. Es war ihm äußerst unangenehm, dass sie schlecht über ihn dachten und obwohl ihm die „Oh"-Sätze von Jeanette nicht unbedingt fehlten, wünschte Garett trotzdem, die zwei würden wieder mit ihm reden.

Auch an diesem Samstag wurde er ungewöhnlich früh wach, aber diesmal wenigstens freiwillig. Da er ausnahmsweise Lust verspürte, zu frühstücken, zog er sich rasch an und spazierte gemächlich zum Bäcker. Als er zurückkam, sah er schon von weitem den großen Lkw vor dem Wohnblock. Auf der geöffneten Ladeluke standen zwei ineinander gestapelte Korbstühle, eine große Palme im Topf, sowie ein großer Spiegel.

Constanze Vogel war schon hier? Garett war bestürzt. Heaven, so früh am Morgen hatte er nicht mit ihr gerechnet. Obwohl er es hätte besser wissen müssen nach dem letzten Wochenende. Sie war eindeutig eine Frühaufsteherin. Was sollte er denn jetzt tun? Er wollte ihr unter keinen Umständen begegnen!

Vorsichtig näherte er sich der offenen Haustüre. Vielleicht hatte er ja Glück und kam ungesehen in sein Appartement. Sekunden später wurde ihm jedoch klar, dass das Glück irgendwo anders auf dieser Welt beschäftigt sein musste, denn als er den Hausflur betrat, kam ihm seine neue Nachbarin entgegen. Gefolgt von drei dunkelhaarigen Männern, die ihr, wie er mit Schrecken registrierte, auffallend ähnelten. „Sieh an, Mr. Parker; welch glücklicher Zufall", sagte sie mit eisiger Stimme und blieb zwei Meter vor ihm stehen. Ihre Augen glitzerten feindselig. „Darf ich Sie mit meinen drei großen Brüdern bekannt machen?"

Oh! My! God!

Garett erstarrte im wahrsten Sinn des Wortes zur Salzsäule. Diese Frau war meilenweit davon entfernt, ihn anzuhören. Im Gegenteil, sie wollte eine weitere Schlacht und diesmal hatte sie eine Armee mitgebracht. Ihre Brüder, allesamt einen Kopf größer als er, taxierten ihn, als wollten sie ihn augenblicklich lynchen. Garett war keineswegs feige, aber er hätte schon Bruce Willis sein müssen, um in dieser prekären Situation keine weichen Knie zu bekommen. Ihm blieb keine andere Wahl, er musste sich sofort entschuldigen und zwar außerordentlich überzeugend, wenn er sein Frühstück nicht im Krankenhaus einnehmen wollte.

„Frau Vogel, mein Benehmen tut mir sehr leid, bitte glauben Sie mir", sagte er langsam und blickte ihr dabei offen in die Augen, in der verzweifelten Hoffnung, sie möge erkennen, dass er es ehrlich meinte und nicht bloß aus Angst heraus handelte. Denn die hatte er und wie! Sein Herz raste unkontrolliert und er spürte, wie Dutzende von Schweißtropfen seine Wirbelsäule hinab kullerten. „Ich entschuldige mich hiermit aufrichtig bei Ihnen."

„Spar dir deine geheuchelten Worte, Ami."

Einer der Brüder lachte höhnisch und kam mit drohender Miene auf ihn zu. „Wenn du es noch mal wagst..."

„Lass ihn in Frieden, Chris!", unterbrach ihn seine Schwester laut und sehr energisch. Als er sich verblüfft zu ihr umdrehte, funkelte sie ihn nachdrücklich an und schaute wieder zu Garett, der nicht fassen konnte, was sie gerade gesagt hatte. Drei, vier endlose Sekunden lang musterte sie ihn abschätzend und als sie wieder sprach, glaubte er zu träumen. „Sie überraschen mich, Mr. Parker und das zum ersten Mal positiv. Entschuldigung akzeptiert." Es klang spröde, aber Garett sah deutlich, dass sie ihm tatsächlich verzieh. Ihr Blick blieb kühl, doch die Feindseligkeit darin war verschwunden.

Heaven!

Nur mit Mühe unterdrückte er ein erleichtertes Keuchen und erwiderte heiser:

„Danke."

„Du nimmst ihm das Getue doch nicht etwa ab?"

Chris und auch die beiden anderen starrten sie fassungslos an. „Der spielt dir doch bloß was vor, weil er Schiss hat!"

„Nein, tut er nicht", entgegnete Constanze Vogel kurz angebunden und lief zur Haustüre. „Kommt, lasst uns weiter machen."

Drei finstere, einschüchternde Blicke machten Garett deutlich, dass die brüderlichen Bodyguards ihm entschieden nicht glaubten und es für seine Gesundheit förderlicher wäre, wenn er augenblicklich verschwand.

Nichts lieber als das!

Garett flitzte in sein schützendes Appartement und warf achtlos die Brötchentüte auf den Tisch. Essen war das letzte, wonach ihm jetzt zumute war. Er zog sein schweißnasses T-Shirt und die Jeans aus und ging duschen. Zum ersten Mal seit langer Zeit nicht kalt, sondern heiß, denn sein ganzer Körper war verkrampft. Eine gefühlte Ewigkeit stand er unter dem Strahl und dachte über die unfassbare Szene nach, die hinter ihm lag.

Constanze Vogel hatte ihm geglaubt! Allein das war schon ein Wunder. Es wäre jedoch ein Leichtes für sie gewesen, seine Entschuldigung als nichtig abzuweisen und ihm dadurch zu ein paar üblen Prellungen oder gar gebrochenen Rippen zu verhelfen. Aber das hatte sie, trotz ihrer heftigen Abneigung nicht getan und obschon er sie nicht ausstehen konnte, musste Garett widerwillig zugeben: Sie hatte sich absolut fair verhalten. Somit herrschte jetzt wohl Waffenstillstand zwischen ihnen. Ob dieser anhielt, blieb freilich abzuwarten.

„Na, das hört sich ja so an, als könntet ihr zwei doch friedvoll nebeneinander leben."

Sheila Parker hatte ihr Erstaunen überwunden und lächelte Garett aufmunternd zu. „Nachtragend scheint diese Frau Vogel jedenfalls nicht zu sein."

„Vielleicht", entgegnete Garett gedehnt, mit skeptischer Miene. Er hatte ihr soeben über die eigenartige Entwicklung in den letzten 36 Stunden berichtet. „Ganz ehrlich, Mum, ich traue ihr trotz allem nicht."

„Ach sei doch nicht so misstrauisch", sagte seine Mutter tadelnd.

„Aber das bin ich!", rief er ungehalten. „Erst behandelt sie mich wie einen Aussätzigen und plötzlich diese Wende?" Seit gestern Morgen hatte Constanze Vogel ihn gleich mehrfach verblüfft und Garett wusste einfach nicht, wie er das einschätzen sollte.

Nach der Horrorszene mit den brüderlichen Bodyguards, die er dank ihres Eingreifens unversehrt überlebt hatte, war er konsequent in seinem Appartement geblieben. Während nebenan Möbel gerückt, gehämmert und gebohrt wurde, hatte er irgendwann doch gefrühstückt und war anschließend trotz des Radaus noch mal eingeschlafen. Kein Wunder nach dem Stress. Kurz nach elf stand er wieder auf, ging zur Toilette und als er aus dem Bad trat, bekam er mit, wie seine Nachbarin draußen im Hausflur ihre Brüder verabschiedete. „Danke für eure Hilfe, Jungs, ihr seid die allerbesten", hörte er sie sagen; in einem derart herzlichen Tonfall, den Garett ihr niemals zugetraut hätte. „Für dich machen wir doch fast alles", antwortete einer von ihnen fröhlich. „Ich wünsch dir einen guten Start am Montag." „Ich auch und gib mir sofort Bescheid, wenn dich der Ami nochmal attackiert. Dann bin ich in einer Viertelstunde hier und zeig ihm, was wir mit Männern machen, die unsere kleine Schwester verletzen." Das war dieser Chris und er sprach auffällig laut, als ahnte er, dass Garett zuhörte. Der kniff verärgert die Lippen zusammen.

„Lass gut sein", erwiderte Constanze Vogel leise, aber bestimmt. „Er hat sich entschuldigt und damit ist die Sache erledigt. Außerdem war ich ja nicht schuldlos an der ganzen Situation."

Ach, jetzt siehst du es ein, dachte Garett sarkastisch und war gleichzeitig überrascht, weil sie das so offen zugab.

„Aber du hast dich doch nur…"

„Auf Wiedersehen, Chris!"

RUMS! Constanze Vogel hatte die Türe zugeknallt.

Garett grinste boshaft, als ihr Bruder daraufhin unwirsch knurrte. *Geschieht dir recht.* Hoffentlich begegnete er diesem aggressiven Bodyguard nie wieder! Er wartete noch einige Minuten, dann steckte er das Portemonnaie in die Hosentasche und griff nach seinem Schlüssel. Da die Armee nun fort war, konnte er endlich gefahrlos hinausgehen. Nach dem morgendlichen Horror benötigte er dringend Erholung und was wäre besser dazu geeignet, als ein Besuch im Zoo. Bereits als kleines Kind hatte er es geliebt, in den Zoo zu gehen und daran hatte sich bis heute nichts geändert. Die ganze Atmosphäre dort, all die verschiedenartigen Tiere, Gerüche und Geräusche, faszinierten ihn immer wieder aufs Neue.

Entspannt kam er um halb sieben wieder zuhause an und hatte dann zwei weitere Überraschungen erlebt. Just, als er das Haus betrat, kam Constanze Vogel aus dem Keller hoch. „Hallo", sagte sie, lächelte ihm knapp zu und verschwand in ihrem Appartement. Wie vom Donner gerührt blieb Garett stehen. Sie hatte ihn angelächelt, war das zu fassen? Gewiss, höchstens den Bruchteil einer Sekunde und man konnte es bestenfalls als höflich bezeichnen, trotzdem war es ein Lächeln gewesen. Er kämpfte noch damit, diese Tatsache zu verdauen, da hüpfte plötzlich Jeanette die Treppe herunter. „Oh, hallo Garett!", rief sie und strahlte ihn zu seiner größten Verwunderung an. „Ich hab leider keine Zeit, muss die Bahn kriegen, aber eins will ich dir schnell sagen." Sie tippte mit dem Zeigfinger gegen seine Brust. „Weißt du, ich war ja echt sauer auf dich und Max auch, ehrlich und wie. Aber Constanze hat uns vorhin erzählt, dass du dich bei ihr entschuldigt hast. Das finden wir echt toll und deshalb sind wir jetzt nicht mehr sauer auf dich. Bis bald, tschüss." Sie sauste hinaus und ließ ihn völlig perplex zurück.

Mit gerunzelter Stirn hatte Garett auf die geschlossene Türe seiner Nachbarin gestarrt. Was war los mit dieser Frau? Erneut war sie fair gewesen, hatte ihn persönlich bei Jeanette und Max rehabilitiert und sogar gelächelt! Er begriff das nicht. Hatte seine Entschuldigung ihre starke Abneigung ihm gegenüber etwa dermaßen verändert? Innerhalb eines Tages? Nein, so gern er es täte, aber das konnte er einfach nicht glauben. Irgendetwas war faul an der Sache.

„Warten wir's ab", sagte Garett jetzt grimmig zu seiner Mutter. „Die Zeit wird zeigen, ob Miss Bird tatsächlich auf Frieden bedacht ist."

Er würde jedenfalls auf der Hut bleiben und alles dafür tun, damit sich ihre und seine Wege so selten wie möglich kreuzten.

Doch keine zwölf Stunden später begegnete er ihr schon wieder. Am Montagmorgen verließen sie beide zeitgleich um Viertel vor acht ihre Appartements.

„Guten Morgen, Mr. Parker."

„Äh, guten Morgen", erwiderte Garett baff, denn ihr ungewohntes Outfit überrumpelte ihn. Es war das erste Mal, dass er seine Nachbarin nicht in Jeans und T-Shirt sah. Constanze Vogel trug ein knielanges, dunkelblaues Leinenkleid und dazu moderne weiße Sandaletten. In derselben Farbe waren auch die Korallenkette und ihre Handtasche. Die langen schwarzen Haare, die sie bislang stets offen getragen hatte, hatte sie zu einem eleganten Zopf geflochten. Das betonte die hohen Wangenknochen in ihrem schmalen Gesicht, das dezent geschminkt war. Sie war eine Lady!

Garett war dermaßen fassungslos über diese Verwandlung, dass er sich erst in Bewegung setzte, als sie bereits draußen war. Rasch folgte er ihr und sah zerstreut zu, wie sie in einen hellblauen Kleinwagen stieg und davon fuhr. Was sie wohl beruflich machte? Vielleicht sollte er Jeanette mal danach fragen, die wusste das bestimmt.

Spinnst du, Parker?

Verdammt, hatte er gerade wirklich über Miss Bird nachgedacht? Garett knurrte verärgert über sich selbst. Wo diese Frau arbeitete, interessierte ihn doch nicht die Bohne! Das Einzige, was für ihn zählte, war die Information, dass sie zur selben Zeit wie er aus dem Haus ging und genau deshalb würde er ab morgen früher aufbrechen.

Da Kilian heute Urlaub hatte, kamen in der Erzählrunde des Meetings mehr Kollegen als sonst zu Wort. Moritz berichtete, dass er am Wochenende mit seiner Verlobten in Berlin gewesen war und die alleinerziehende Claudia gab fröhlich grinsend bekannt, dass sie einen neuen Freund hatte. „Er heißt Marc, hat breite Schultern, ist liebevoll und witzig und ein bisschen Macho, aber das brauch ich auch und meine Söhne mögen ihn ebenfalls. Leute, ich bin endlich wieder weg vom Markt!"

Alle lachten und gratulierten ihr. Auch Garett, obwohl sein Herz dabei neidvoll schmerzte. Wie glücklich seine Kollegin aussah. Die Sehnsucht, die während der langen Hitzeperiode verschwunden gewesen war, flackerte wieder in ihm auf. Aber sogleich loderte auch die Angst hoch und sie war stärker. Immer noch und daran würde sich in nächster Zeit garantiert nichts ändern, denn der schlimmste Tag des Jahres rückte bedrohlich näher, wie ihm plötzlich erschreckt bewusst wurde. Aus diesem Grund ging er nach dem Meeting zu Hans-Gerd in dessen Büro. Er musste dringend mit ihm reden. Der 18. September jährte sich übernächste Woche und zwar an einem Mittwoch und das war ein Problem, da er in der Probezeit keinen Urlaubsanspruch hatte. Garett hoffte inständig, dass der Geschäftsführer seiner Bitte entsprach, ihm den Tag unbezahlt frei zu geben.

Hans-Gerd hörte ihm aufmerksam zu und fragte dann nüchtern: „Deine Frau ist vor vier Jahren gestorben, wenn ich mich richtig erinnere?"

Garett nickte stumm.

„Hm." Sein Boss schaute kurz aus dem Fenster hinüber zum Autohaus und dann wieder zu ihm. „Versteh mich nicht falsch, Garett", sagte er bedächtig. „Von mir aus bekommst du frei, wenn du das unbedingt willst. Ich bin nur erstaunt, denn du machst auf mich nicht den Eindruck, als würdest du noch so tief trauern."

„Das stimmt", gab Garett ehrlich zu. „Trotzdem fällt es mir an diesem Tag immer noch außerordentlich schwer, unter Menschen zu gehen." Dass dies auch für zwei weitere Termine galt, verschwieg er. Die kamen erst im nächsten Jahr wieder und dann konnte er problemlos Urlaub nehmen.

„Verstehe." Hans-Gerds blaue Augen schimmerten mitfühlend. „Wie gesagt, es geht in Ordnung."

„Danke."

Erleichtert kehrte Garett in sein Büro zurück und begann zu arbeiten.

Im Gegensatz zum amerikanischen Hauptsitz gab es in der kleinen deutschen Niederlassung keine Kantine. Aber in der Nähe lag eine Gaststätte, in der man hervorragend und günstig essen konnte. Ein mittäglicher Treffpunkt für viele Angestellte der umliegenden Firmen. Auch von Blackwood Germany verbrachten immer einige die Mittagspause dort und Garett war stets mit dabei.

„Da drüben ist noch was frei."

Hans-Gerd deutete auf einen großen Tisch und steuerte zielstrebig darauf zu. Die anderen folgten ihm. Garett hingegen blieb wie angewurzelt stehen, denn er traute seinen Augen nicht. Links neben dem freien Tisch saß Herr Brock, der Besitzer des Autohauses, gemeinsam mit seinem Chefverkäufer und den beiden gegenüber eine dunkelhaarige Frau. Heaven, was machte denn Constanze Vogel hier? Im ersten Moment war er lediglich verwirrt über ihre Anwesenheit, doch dann fiel Garett siedeheiß etwas ein. Hatten nicht ihre Brüder ihr vorgestern beim Abschied einen guten Start für heute gewünscht? Entsetzt wurde ihm nun klar, was das bedeutete: Sie arbeitete ab heute im Autohaus! Somit war sie nicht bloß privat, sondern auch beruflich seine Nachbarin.

Das darf nicht wahr sein!

Mühsam unterdrückte Garett ein frustriertes Stöhnen. Am liebsten hätte er auf der Stelle umgedreht, aber das kam selbstverständlich nicht in Frage. Auf keinen Fall würde er vor dieser Frau weglaufen. Davon abgesehen war er auch etwas neugierig. Miss Bird saß nämlich mit dem Rücken zu ihm. Mal sehen, wie sie reagierte, wenn sie ihn erblickte.

Hans-Gerd war inzwischen bei ihrem Tisch angelangt und begrüßte ihren Boss mit einem herzlichen Schulterklopfen. Garett war noch zu weit entfernt, die Worte zu verstehen, aber unverkennbar stellte Herr Brock nun seine neue Mitarbeiterin vor, denn Hans-Gerd reichte Constanze Vogel lächelnd die Hand. Derweil kam Garett langsam näher, umrundete den freien Tisch und setzte sich absichtlich auf einen Platz, von dem er direkte Sicht auf sie hatte. Da sie immer noch Hans-Gerd anschaute, bemerkte sie ihn nicht gleich. Erst als dieser sich abwandte und zu seinen Mitarbeitern herüberkam, fiel ihr Blick auf Garett und sie zuckte merklich zusammen.

Was machen Sie denn hier?

Deutlich konnte er diese Frage in ihren dunklen, erschrocken aufgerissenen Augen lesen und das war der Beweis, dass sich ihre ablehnende Haltung ihm gegenüber keineswegs geändert hatte.

Ha, er hatte es doch gewusst.

Am liebsten hätte Garett ihr eine Grimasse geschnitten, um zu demonstrieren, dass auch er ganz und gar nicht begeistert davon war, sie zu sehen, unterdrückte jedoch den Impuls. Das wäre nicht bloß kindisch und provozierend, sondern vor allem unfair, wie ihm plötzlich aufging. Er erinnerte sich noch sehr genau, wie nervös er damals an seinem ersten Tag im neuen Job gewesen war. Bestimmt erging es Constanze Vogel genauso und obwohl er sie nicht leiden konnte, verspürte er durchaus ein gewisses Mitgefühl. Außerdem war sie ebenso unschuldig wie er an dieser verflixten Situation. Es war bloß ein ärgerlicher Zufall, dass sie nebeneinander arbeiteten. Deshalb schaute er einfach weg, vertiefte sich in die Speisekarte und beschloss, ihre Anwesenheit zu ignorieren. Sollte sich allerdings herausstellen, dass sie täglich hier zu Mittag aß, würde er sich schleunigst eine Alternative überlegen müssen, denn es blieb dabei: Je seltener er ihr begegnete, desto besser.

Kapitel 7

Am Dienstag trat Garett um kurz nach halb acht aus dem Haus. Es regnete, doch das störte ihn nicht. Wer jahrelang in Seattle gelebt hatte wie er, war Regen gewohnt. Wozu gab es Regenjacken? Viel wichtiger war, dass er es geschafft hatte, seiner Nachbarin aus dem Weg zu gehen, denn der Frust von gestern saß noch tief.

Er hatte Constanze Vogel während des Essens konsequent ignoriert. Selbst dann, als die drei am Nebentisch aufstanden und sich verabschiedeten, nicht hingesehen. Kaum waren sie jedoch verschwunden gewesen, da wandte sich Moritz mit neugieriger Miene an Hans-Gerd. „Ich wollte nicht fragen, solange sie nebenan saß, Boss, aber wer ist die Neue bei Brock?"

„Frau Vogel ist seine Prokuristin."

„Oh." Moritz grinste breit. „Ein sehr attraktiver Vogel." „Ja, das ist sie", sagte Hans-Gerd und drohte ihm verschmitzt lächelnd mit dem Finger. „Ich hoffe nur, du vergisst nicht, dass du verlobt bist." „Nein", entgegnete Moritz lachend, „aber das heißt ja nicht, dass ich blind gegenüber schönen Frauen bin."

Damned, das durfte doch alles nicht wahr sein!

Gereizt presste Garett die Lippen zusammen und stierte verdrossen auf seinen leeren Teller. Jetzt war Constanze Vogel auch noch Thema bei seinen Kollegen! Er gab ja zu, dass sie tatsächlich ganz hübsch war, zumindest für eine Dunkelhaarige, aber musste Moritz gleich so übertreiben? Herrje, und wenn Kilian sie erst zu Gesicht bekam! Garett benötigte keine Phantasie, um sich auszumalen, was dann geschehen würde. Der eitle Womanizer versuchte garantiert, Constanze Vogel mit seinem Charme zu becircen. Bei der Vorstellung, dabei zusehen zu müssen, war ihm regelrecht übel geworden.

Deshalb kaufte Garett nun in der Bäckerei einen reichlichen Vorrat an belegten Brötchen. In nächster Zeit würde er nicht mit Essen gehen, so viel stand fest. Seinen Kollegen, die sich bestimmt darüber wunderten, würde er einfach erklären, dass er wegen Rückenproblemen in der Mittagspause ab sofort lieber spazieren gehen wolle. Dass ihn in Wahrheit ein Vogelproblem plagte, ging keinen etwas an. Niemand in der Firma durfte je erfahren, dass er Constanze Vogel kannte, sonst quatschten sie ihn womöglich ständig auf sie an.

Der Regen war stärker geworden, als er aus der Bäckerei kam und da der Wind sich gedreht hatte, nutzte ihm die Regenjacke nun leider auch nicht mehr viel. Das kalte Wasser klatschte ihm von vorne ins Gesicht. Mit gesenktem Kopf überquerte Garett die Straße und seufzte missmutig, denn genau in diesem Moment gingen vor ihm die Schranken am Bahnübergang herunter. Auch das noch. Eine Minute verging. Und noch eine. Wann kam die Bahn denn endlich? Fröstelnd blickte er ungeduldig von rechts nach links. Nichts zu sehen. Dafür rollte jetzt ein hellblauer Kleinwagen neben ihm vor die Schranke; gesteuert von einer leider vertrauten Person. Sofort drehte Garett sich seitlich weg und starrte finster zu Boden. Diese Frau verfolgte ihn ja noch mehr als die unsägliche Miss Bird in Seattle! Ab morgen musste er also noch früher aufbrechen.

„Soll ich Sie mitnehmen, Mr. Parker?"

Heaven!

Ihr Angebot traf ihn wie ein Blitzschlag. Nie im Leben hätte er damit gerechnet, aber selbstverständlich würde er es ablehnen. „Nein, danke", sagte er brüsk, ohne sie anzusehen.

„Ach, seien Sie doch nicht kindisch", sagte Constanze Vogel in ungeduldigem Tonfall. „Kommen Sie schon, ehe Sie ganz durchweicht sind."

Garett war klar, dass sie Recht hatte. Es war kindisch, aber das Letzte, was er wollte, war gemeinsam mit ihr in einem Auto zu sitzen und sei es auch nur für wenige Minuten. Andererseits war sein Gesicht inzwischen patschnass, die Jacke klebte ekelig kalt am Rücken und die Bahn war immer noch nicht in Sichtweite. Er zögerte noch einen Moment, dann kapitulierte er. *Nur dieses eine Mal*, sagte er sich energisch, während er einstieg. Er schnallte sich an und schaffte es, ihr höflich zuzulächeln.

„Vielen Dank."

„Keine Ursache."

Seine Nachbarin lächelte ebenfalls kurz und schaute dann, genau wie er, stumm geradeaus. Keine zehn Sekunden später knallte draußen ein gewaltiger Donner und es begann unvermittelt zu hageln.

Garett schluckte. Wäre Constanze Vogel nicht so hartnäckig gewesen, stünde er jetzt schutzlos da draußen. Es war wirklich sehr freundlich von ihr, ihn mitzunehmen und kleinlaut gab er zu, dass seine Mum ihn offenbar zurecht getadelt hatte wegen seines Misstrauens. Denn wäre seine Nachbarin wirklich noch dermaßen ablehnend ihm gegenüber wie er meinte, hätte sie ihn doch mit Vergnügen draußen absaufen lassen, oder? Stattdessen saß er nun hier im Trockenen. Weil sie ihm eben nichts nachtrug, genau wie seine Mutter gesagt hatte. Das Schweigen zwischen ihnen kribbelte jetzt unangenehm zwischen seinen feuchten Schulterblättern.

Sag irgendwas was, Parker.

Entschlossen gab Garett sich einen Ruck. „Wie lief Ihr erster Tag gestern bei Brock?"

„Äh, sehr gut, danke."

Constanze Vogel warf ihm einen unverhohlen überraschten Blick zu und legte den Gang ein, denn die Schranken gingen wieder hoch, obwohl keine Bahn gekommen war. Wahrscheinlich war sie wegen des Gewitters irgendwo stehen geblieben.

„Das freut mich für Sie", sagte Garett und meinte es auch tatsächlich so. „Ein guter Start ist sehr wichtig, ich weiß das."

„Stimmt, Sie sind ja ebenfalls aus beruflichen Gründen hierher gezogen. Jeanette hat mir das erzählt."

Das wunderte ihn nicht. Die geschwätzige junge Frau hatte garantiert alles ausgeplaudert, was sie über ihn wusste. Nur gut, dass dies nicht allzu viel war. Garett hatte ihr und Max kaum etwas preisgegeben über sich. Neben der Tatsache, dass er aus Seattle kam, war ihnen lediglich sein Alter bekannt und dass er als Programmierer arbeitete. Sie wussten weder von Rebecca, noch dass er in Portland aufgewachsen war und selbst den Namen seiner Firma hatte er nie erwähnt, wie ihm in diesem Moment einfiel. Das erklärte, wieso Constanze Vogel gestern im Restaurant ebenso überrascht gewesen war, ihn zu sehen, wie er sie.

„Und, wie gefällt es Ihnen hier in Deutschland?", fragte sie höflich. Garett antwortete nicht gleich, denn ihm ging schlagartig auf, dass sie ganz normal miteinander redeten. Gewiss, es war bloß oberflächlicher Smalltalk, aber wer hätte das vor zwei Wochen gedacht? „Köln ist eine interessante Stadt und mein Job ist toll", beantwortete er ihre Frage etwas heiser. „Ich fühle mich sehr gut hier."

„Das ist schön für Sie."

Seine Nachbarin konzentrierte sich auf den Verkehr, doch er sah, dass sie leicht lächelte bei ihren Worten und erneut dachte Garett an seine Mutter. Sheila Parker würde sich zweifellos köstlich amüsieren, wenn sie von diesem Gespräch erfuhr. Er hörte schon ihre zufriedene Stimme: „Ich hab dir doch gesagt, du bist zu misstrauisch."

Betreten schaute er auf die Brötchentüte hinunter, die auf seinem Schoß lag. Seine ahnungslosen Teamkollegen würden sich gleich freuen, weil er scheinbar grundlos ein Frühstück ausgab. Und heute Mittag konnte er wie immer mit ihnen essen gehen. Es gab keinen Grund mehr, Constanze Vogel auszuweichen. Nach ihrem kolossal schlechten Start herrschte zwischen ihnen nun tatsächlich Waffenstillstand. Das hieß natürlich nicht, dass er ab sofort täglich mit ihr reden wollte. Aber sie freundlich grüßen, das würde er künftig tun können und das gab ihm ein gutes Gefühl.

Sie erreichten nun das Industriegebiet und bogen in die Straße ein, in der sie beide arbeiteten. Herr Brock schloss soeben das Autohaus auf und vor dem Gebäude von Blackwood Germany stieg Kilian aus seinem Wagen.

„Was zum Henker.....!"

„Uff!"

Garett schnappte erschreckt nach Luft und das nicht bloß wegen des scharfen Aufschreis neben ihm. Der Sicherheitsgurt schnürte schmerzhaft seine Brust ab, denn Constanze Vogel hatte mit quietschenden Reifen eine Vollbremsung hingelegt. Benommen schüttelte er den Kopf und schaute zu ihr. Sie war leichenblass und starrte bestürzt nach vorne. Er folgte ihrem Blick und traute seinen Augen nicht. Kilian stand wie angewurzelt mitten auf der Straße und glotzte sichtlich entsetzt zu ihnen herüber. Trotz des Hagels konnte Garett erkennen, dass er panisch zwischen ihm und seiner Nachbarin hin und her sah und dann geschah etwas Unglaubliches. Rooster schnellte herum und raste in die Firma, als würde er verfolgt.

„Verdammt, das darf nicht wahr sein", stieß Constanze Vogel hervor und blickte zu Garett. „Kilian arbeitet auch bei Blackwood?" Auf ihrem schmalen Gesicht lag ein derart fassungsloser und zugleich schmerzlicher Ausdruck, dass sich seine Brust noch enger anfühlte.

„Ja." Garett nickte befangen. „Sie kennen ihn?"

Was für eine dämliche Frage, Parker.

„Das kann man so sagen", erwiderte sie mit einem bitteren Lachen. „Er ist mein Ex-Freund."

Mit undurchdringlicher Miene betrat Garett die Firma und ging rasch den Flur entlang zu seinem Büro. Hoffentlich sprach ihn in den nächsten Minuten keiner an. Zuallererst musste er den gewaltigen Schock verdauen. Kilian Klein, das größte Feierbiest Kölns, war mal mit Constanze Vogel liiert gewesen. Das war schier unglaublich!

Seine Nachbarin hatte sich bemerkenswert rasch wieder gefangen, nachdem sie ihm das eröffnet hatte. Ihre Miene wurde innerhalb eines Sekundenbruchteils kühl und abweisend, aber diesmal nahm Garett es nicht persönlich. Es war eine Schutzreaktion. „Schauen Sie nicht so entgeistert", sagte sie forsch zu ihm. „Es ist lange her und heute bedeutungslos." Nüchtern und abgeklärt klang das. „Ich wünsche Ihnen einen guten Tag." „Gleichfalls und danke nochmal", hatte er gemurmelt und war eilends aus dem Auto gestiegen.

Garett betrat sein Büro, hängte die nasse Jacke auf und plumpste in den Sessel. Regungslos starrte er auf den dunklen Bildschirm vor sich. Obwohl er sich die ganze Zeit eingeredet hatte, dass es ihn nicht interessierte, hatte er endlich die Antwort auf seine insgeheime Frage bekommen, wieso Constanze Vogel anfangs so verdammt abweisend auf ihn reagiert hatte. Wie er selbst, trug auch sie schmerzhafte Erinnerungen in sich und er hatte diese, wenn auch unabsichtlich, hervorgerufen. Ihr feindseliger Blick damals bei der Wohnungsbesichtigung erschien ihm nun logisch. Sie hatte einen Mann gesehen, der ihrem Exfreund glich. Schließlich sah er Kilian ähnlich. Rooster war zwar etwas größer und sah deutlich jünger aus, obwohl sie bloß ein Jahr auseinander waren, dennoch war die Ähnlichkeit da. Zudem hatte Jeanette ihr erzählt, dass er Informatiker war. Genau wie Kilian. Und dann hatte er sich ihr gegenüber auch noch wie ein arrogantes Arschloch verhalten. Verlegen kratzte Garett sich am Kinn. So betrachtet, war es im Nachhinein noch verwunderlicher, dass sie ihm verziehen hatte. Nachdenklich fragte er sich, was wohl zwischen ihr und Kilian vorgefallen war. Sie würde es ihm natürlich nie erzählen, warum sollte sie das auch tun? Er war ein Fremder für sie. Aber ihr bitteres Lachen und der beklemmend schmerzliche Blick hatten ihm etwas verraten: Diese Frau war von seinem Kollegen tief verletzt worden. Das war deutlich zu spüren gewesen, auch wenn sie so nüchtern darüber gesprochen hatte. *„Es ist lange her und heute belanglos."* Da sie nicht gewusst hatte, dass Kilian hier arbeitete, musste ihre Beziehung mit ihm mindestens drei Jahre zurückliegen, denn so lange war dieser jetzt bei Blackwood Germany.

Garett atmete zehn Mal tief durch und stand auf. Es gefiel ihm gar nicht, aber er musste jetzt zu Rooster gehen. Sie hatten noch einige wichtige Details bezüglich ihres aktuellen Projekts zu klären. Würde Kilian ihn auf Constanze Vogel ansprechen? Ihn fragen, wieso er in ihrem Auto gesessen hatte? Woher er sie kannte?

„Das ist nicht wahr, Garett!"

Seine Mum starrte schockiert in die Kamera. Garett hatte sie angerufen, obwohl sie erst vorgestern miteinander telefoniert hatten. Er musste einfach mit ihr reden, nach den unglaublichen Geschehnissen dieses Tages. Zum Glück hatte sie dienstags frei und deshalb ausgiebig Zeit für ihn. Wie erwartet, war sie höchst amüsiert gewesen, als er ihr berichtete, dass Constanze Vogel auch beruflich seine Nachbarin war und wie freundlich diese ihn heute früh vor einem Hagelschaden bewahrt hatte. „Na, siehst du, ich hab dir doch gesagt, du bist zu misstrauisch!" Sheila Parker lachte zufrieden. Als er ihr dann jedoch von Rooster erzählte und wie dieser reagiert hatte, konnte sie es kaum glauben. „Er hat wirklich nichts dazu gesagt, kein Wort?"

„Nicht ein einziges und es wird noch mieser", erwiderte Garett aufgebracht, denn er konnte es immer noch nicht fassen. Kilian Klein war ein erbärmlicher Feigling! Er hatte tatsächlich so getan, als sei nichts geschehen, als Garett zu ihm ins Büro gekommen war.

„Ah, Parker, setz dich." Mit großspuriger Geste zeigte er auf den Stuhl vor seinem Schreibtisch und grinste lässig. „Was steht an?" Doch seine nervös flackernden Augen verrieten ihn und während ihres kurzen Austausches sah er Garett permanent verunsichert an, als ob er befürchtete, dass dieser ihm im nächsten Moment unangenehme Fragen stellen könnte. Was Garett selbstverständlich nicht tat, obwohl es seine Neugierde weiter anfachte. Furcht war etwas, das er an Kilian nie zuvor bemerkt hatte und es ließ bloß einen Schluss zu: Der Womanizer musste ein enorm schlechtes Gewissen gegenüber Constanze Vogel haben.

Wie richtig Garett damit lag, zeigte sich in der Mittagspause. Kilian, der ja noch nicht wusste, dass seine Ex-Freundin jetzt direkt nebenan arbeitete, ging arglos mit zum Essen. Garett war gespannt, was sein Kollege tun würde, sollte sie im Restaurant sitzen, was er stark hoffte, wie er unverhohlen zugab. Obwohl er es absolut verstehen würde, wenn sie nach dem morgendlichen Schock heute aufs Essen verzichtete. Aber sie war da gewesen und als Garett seiner Mutter nun erzählte, wie Kilian bei ihrem Anblick erneut geflüchtet war, wortlos und schneeweiß im Gesicht, sah diese so fassungslos aus, wie seine ahnungslosen Kollegen am Mittag.

„Was soll das denn?", hatte Hans-Gerd gefragt und mit den anderen dem feigen Womanizer verdattert hinterher gesehen. Garett hätte sie alle darüber aufklären können, dass der Grund für dessen Flucht an einem der Tische saß, doch er tat es nicht. Keinesfalls würde er seine mutige Nachbarin verraten und sie damit zum Objekt des Firmentratsches machen. Denn mutig war sie! Wohl wissend, dass sie damit rechnen musste, Kilian hier anzutreffen, war Constanze Vogel trotzdem gekommen. Es war ihr bestimmt schwer gefallen, aber sie stellte sich der unangenehmen Situation.

„Was für eine toughe Frau."

Die Augen von Sheila Parker leuchteten hochachtungsvoll. Garett nickte stumm. Er empfand dasselbe und es war schade, dass seine Nachbarin nicht ein einziges Mal zu ihm herüber gesehen hatte, sonst hätte er ihr anerkennend zugenickt. Diese Frau besaß eine innere Stärke, von der Rooster meilenweit entfernt war.

„Hat dein Boss Kilian auf sein seltsames Verhalten angesprochen?", wollte seine Mum wissen. „Das hätte er garantiert getan", antwortete Garett mit einem grimmigen Lachen, „aber Kilian war nicht mehr da, als wir zurückkamen." Er hatte sich bei Miriam mit der Begründung, er fühle sich unwohl, krank gemeldet und war nach Hause gegangen. „Hans-Gerd nahm das kommentarlos hin, aber glaub mir, das gibt ein Nachspiel für Kilian." Der Geschäftsführer würde seinen Teamleiter nicht ohne weiteres davon kommen lassen und eine Erklärung fordern.

„Das denke ich auch."

Garett blickte verdutzt in die Kamera, denn seine Mutter prustete plötzlich los. „Entschuldige, aber es ist irgendwie komisch", sagte sie lauthals kichernd. „Kilian hat die Flatter gemacht, weil er ein Vogelproblem hat."

Er konnte nicht anders. Garett platzte ebenfalls heraus. Bei aller Brisanz dieser ganzen Situation – das war wirklich komisch. „Sein Pech", erwiderte er lachend. „Wenigstens ist es nun nicht mehr meins."

„Nein, das ist es wohl nicht." Sheila Parker wurde ernst. „Garett, du weißt, wie es ist, mit schmerzlichen Erinnerungen konfrontiert zu werden. Auch wenn es nicht fair von ihr gewesen ist, solltest du deiner Nachbarin verzeihen."

„Das habe ich bereits."

Es war sein Ernst.

Nach dem Telefonat nahm Garett eine Coke aus dem Kühlschrank und schlenderte damit hinaus auf die Terrasse. Das morgendliche Unwetter hatte sich im Laufe des Vormittags verzogen und der restliche Tag war warm und sonnig gewesen. Die Luft roch angenehm spätsommerlich. Klar und rein. So, wie die Luft zwischen ihm und Constanze Vogel nun war. Es fühlte sich noch ungewohnt an, aber mit der Zeit würde er sich wohl daran gewöhnen. Er trank einen Schluck, sah hinauf in den Himmel, an dem erste Sterne funkelten und seufzte inbrünstig:

„Oh, what a day!"

„Ganz meiner Meinung", stimmte eine spröde Stimme hinter ihm zu.

Heaven!

Garett zuckte heftig zusammen und drehte sich so schnell um, dass ihm ein wenig schwindelig wurde. Seine Nachbarin lehnte an der Hauswand. In ihrem Appartement brannte kein Licht, deshalb hatte er sie nicht bemerkt, als er herausgekommen war. Sie stand im Dunkeln. Ein passendes Bild; der Tag heute war für sie sicher ein düsterer gewesen.

„Hab ich Sie erschreckt? Das wollte ich nicht."

Constanze Vogel kam langsam auf ihn zu. Für die Arbeit hatte sie einen beigefarbenen Hosenanzug mit weißer Hemdbluse getragen, sehr schick, doch jetzt war sie salopp in Jeansshorts und Top gekleidet. Anscheinend zog sie sich um, sobald sie zuhause war. Absolut nachvollziehbar für Garett. Er hatte das in Seattle auch immer getan. „Mr. Parker, ich glaube, ich muss Ihnen etwas erklären", sagte sie stockend. „Das ist nicht nötig", entgegnete er rasch. „Ich habe es heute Morgen sofort kapiert."

„Oh." Sie wirkte überrascht und strich sich verlegen eine Haarsträhne aus dem Gesicht. „Es war ziemlich unfair von mir, fürchte ich. Tut mir leid, bitte verzeihen Sie mir."

„It's okay, kein Problem." Garett lächelte versöhnlich.

„Danke", gab sie schlicht zurück und schaute hinauf in den Himmel. Schweigend, ihr Blick schweifte über die Sterne, den Mond und nach einer Weile sagte sie mit nüchterner Stimme: „Ich nehme an, Kilian hat Ihnen nichts erzählt."

„Nein, er hat kein Wort gesagt." Garett schluckte und ergänzte in rauem Tonfall: „Und ich bin immer noch schockiert über sein Benehmen."

„Nun, das ist Kilian." Constanze Vogel verzog bitter den Mund. „Wissen Sie, er ist Experte darin, unangenehmen Situationen aus dem Weg zu gehen."

„Aber Sie tun das nicht", entgegnete Garett ernst. „Ich finde das bewunderringend." Sie lachte daraufhin, was ihn verwirrte, bis sie schmunzelnd sagte: „Es heißt bewundernswert."

„Ach so, danke."

„Gern geschehen, aber warum bewundern Sie mich? Es ist doch normal, sich den Problemen des Lebens zu stellen, finde ich."

„Sie haben Recht, aber manchmal ist das sehr schwer." Zum Beispiel, wenn man seine schwangere Frau verlor. Der Schmerz schoss derart unerwartet heftig in ihm auf, dass Garett, ohne zu überlegen, weitersprach. Die dunklen Augen vor ihm glommen betroffen auf bei seinen nächsten Worten. „Es gibt Situationen, da willst du bloß noch weglaufen, doch das geht nicht", stieß er heiser hervor; automatisch auf Englisch, weil er so aufgewühlt war. „Du musst es aushalten, irgendwie überleben, bis zu dem Tag, an dem du erstaunt bemerkst, dass du wieder lächeln kannst." Abrupt hielt er inne und atmete tief durch.

„Ja, ich weiß", flüsterte seine Nachbarin sichtlich erschüttert und er konnte deutlich erkennen, dass sie mit derselben Frage kämpfte, die auch ihn bewegte: *Was hast du durchgemacht?* Aber in ihren Augen las er auch die gleiche Antwort, die er ihr, ebenfalls stumm zu verstehen gab: *Frag nicht.*

Nein, Garett wollte nicht mit ihr über Rebecca reden. Und es ging ihn auch nichts an, was zwischen ihr und Kilian vorgefallen war. Er war ohnehin viel zu sehr erschüttert über seinen Gefühlsausbruch, um jetzt noch weiter mit ihr zu sprechen. Damned, er hätte nicht gedacht, dass er nach all der Zeit den Schmerz noch einmal so stark spüren würde. Vermutlich lag es bloß an diesem emotionsgeladenen Tag, aber es war dennoch erschreckend.

„Gute Nacht, Frau Vogel." Garett nickte ihr zu und wandte sich ab.

„Einen Moment noch bitte, Mr. Parker."

Zögernd drehte er sich wieder um und war nicht einmal erstaunt, als er ihren Gesichtsausdruck sah, denn ihre forsche, kühle Stimme hatte es ihm bereits verraten. Constanze Vogel hatte sich hinter ihre Schutzmauer zurückgezogen. „Ich wollte Ihnen nur sagen, dass ich froh bin, dass zwischen uns nun Friede herrscht."

„Ich auch", versicherte Garett rau und ergriff ihre Hand, die sie ihm zu seiner Überraschung entgegenstreckte. Ihr fester Händedruck indes verwunderte ihn keineswegs. Constanze Vogel, das hatte er heute kapiert, war eine bewundernswert starke Frau und dafür hegte er tiefen Respekt. „Auf gute Nachbarschaft."

Kapitel 8

„Damned, du solltest das bis gestern Abend erledigt haben!"
Garett hörte selbst, dass seine Stimme zu laut war, aber das war ihm egal. Er war stinksauer. „Wir hinken sowieso hinterher, weil Kilian krank ist, das weißt du doch!"

Rooster fehlte nun schon zwei Wochen; seit jenem Dienstag, an dem er feige vor seiner Ex-Freundin geflüchtet war. Angeblich litt er an Magenproblemen. Vielleicht stimmte das sogar, doch Garett war insgeheim überzeugt davon, dass es eher an seinem Vogelproblem lag und das machte ihn wütend, weil sie alle hier darunter litten. Und nun hatte der verflixte Moritz auch noch, wieder einmal, getrödelt! Aufgebracht funkelte Garett den jungen Informatiker an.

„Tut mir leid."

Moritz zog kleinlaut den Kopf ein. „Ich brauch nicht mehr lange, versprochen. Höchstens zwei Stunden."

„Ich geb dir maximal eine", sagte Garett scharf und stapfte mit langen Schritten in sein Büro zurück.

„Alles in Ordnung, Garett?"

Hans-Gerd stand plötzlich an seiner Türe und blickte ihn durchdringend an.

„Ja", erwiderte Garett brüsk und zwang sich mühsam zu einem Lächeln. „Es wird knapp, aber wir werden bestimmt rechtzeitig fertig."

Hoffentlich.

„Ich spreche nicht von dem Auftrag." Hans-Gerd schlenderte heran und setzte sich auf seine Schreibtischkante. „Dein Tadel eben war berechtigt, aber ich hab dich noch nie so unwirsch erlebt. Macht dir der morgige Tag derart zu schaffen?"

Garett seufzte und nickte ertappt, denn er konnte es nicht leugnen: An seiner schlechten Laune waren nicht bloß Moritz und Rooster schuld. Morgen war der 18. September und die Tatsache, nicht an Beckys Grab gehen zu können, nagte stärker an ihm, als er es für möglich gehalten hätte. *Es ist nur ein Grab. Du trägst die Erinnerungen doch in dir.* Wieder und wieder hatte er sich das in den letzten Tagen gesagt. Es nützte jedoch genauso wenig wie das Wissen, dass Becky ihm in keinster Weise böse wäre. Er hatte trotzdem ein schlechtes Gewissen.

„Ja", gab er heiser zu. „Dieses Jahr ist es schlimmer als sonst, weil ich nicht in Seattle bin, aber ich werde damit fertig." Er atmete tief durch und massierte seinen Nasenrücken. „Übermorgen bin ich wieder okay." Das hoffte er jedenfalls.

„Ich verlasse mich darauf."

Sein Boss sah ihn ungewöhnlich ernst an. „Es reicht mir nämlich völlig, dass ich mir wegen Kilian große Sorgen mache." Hans-Gerd beugte sich vor und berichtete mit leiser Stimme, dass er am Vorabend mit Rooster telefoniert habe. „Mit ihm stimmt etwas nicht und ich spreche nicht von seinem Magen. Ich glaube, unser Feierbiest hat psychische Probleme."

Heaven!

Garett schluckte heftig und starrte Hans-Gerd betroffen an. Sollte er verraten, was er wusste? Firmen-Tratsch war ihm zutiefst zuwider. Er erinnerte sich nur zu gut daran, wie er sich gefühlt hatte, damals nach Rebeccas Tod. Wie viele hatten hinter seinem Rücken geflüstert und haarsträubende Gerüchte gestreut. Aber dies hier war etwas ganz anderes. Es ging nicht darum, über Kilian zu tratschen, sondern in erster Linie um die wirtschaftlichen Belange der Firma. In den nächsten Wochen und Monaten standen einige große Aufträge an. Was, wenn Rooster durch die Konfrontation mit seiner Vergangenheit tatsächlich psychisch angeknackst sein sollte? Seine Reaktion war jedenfalls beunruhigend heftig ausgefallen. Die Leute aus seinem Team waren gut, aber wenn ihr Leiter für längere Zeit ausfiel, hätte Blackwood Germany ein ernsthaftes Problem.

Offenbar spiegelte sich sein innerer Konflikt deutlich auf seinem Gesicht wider, denn Hans-Gerd fixierte ihn plötzlich scharf.

„Weißt du etwas darüber, Garett?"

Du musst es ihm sagen, Parker!

Es war inzwischen bekannt in der Firma, dass er und Constanze Vogel Nachbarn waren. Sie hatte ihn am Tag nach ihrem Gespräch auf der Terrasse erneut auf dem Weg zur Arbeit aufgegabelt und gefragt, ob sein Auto kaputt sei. Als er ihr mitteilte, dass er momentan keines besitze, überraschte sie ihn mit dem Angebot, ihn immer mitzunehmen. Zumindest in der Früh, denn nachmittags arbeitete sie eine halbe Stunde länger als er.

„Es ist doch unnötig, dass Sie laufen, wenn wir denselben Weg haben."

Garett war völlig perplex gewesen. Wie nett von ihr! Trotzdem hatte er zuerst abgelehnt. Nicht wegen Kilian. Sollte der Womanizer ein Problem damit haben, war das seins. Garett, der damals ja noch nicht ahnen konnte, dass dieser weiterhin „krank" sein würde, hatte kein Mitleid mit ihm. Aber da er morgens öfters zum Bäcker ging, wollte er nicht, dass Constanze Vogel extra seinetwegen dort anhalten musste.

„Ach, das ist doch Quatsch", hatte sie sein Argument mit forscher Stimme weggefegt. „Auf die paar Minuten kommt es nicht an."

Das war wirklich großzügig von ihr. Hinzu war der Gedanke an eine warme trockene Fahrt anstelle eines nassen oder eisigen Fußmarsches zu verlockend gewesen. Immerhin standen Herbst und Winter vor der Tür. Also hatte er eingewilligt, jedoch nur unter der Voraussetzung, dass er sich an den Benzinkosten beteiligte. Seine Nachbarin wollte das zunächst nicht annehmen, aber Garett blieb stur.

„Sie lassen sich wohl nicht gerne was schenken?", meinte sie daraufhin mit herausfordernd funkelnden Augen.

„Sie ja auch nicht", konterte er gelassen. „20 Euro im Monat?" „Zehn, höchstens." Ihre entschlossene Miene signalisierte ihm, dass sie sich auf keine weiteren Diskussionen einlassen würde. Entweder stimmte er zu oder gab sich den Elementen preis.

„Okay."

„Geht doch."

Sie hatten beide leicht geschmunzelt und den Deal per Handschlag fest gemacht.

„Du kennst sie?" fragte Moritz erstaunt und ein wenig empört, als er einige Tage darauf mitbekam, wie Garett aus ihrem Wagen stieg. „Wieso hast du uns das bislang verschwiegen?"

„Weil es mir nicht wichtig erschien", erklärte Garett knapp und zugegeben nicht sehr wahrheitsgemäß. „Außerdem kenne ich sie kaum. Wir sind bloß seit kurzem Nachbarn und sie ist so freundlich, mich mitzunehmen." Das war eine absichtliche Falschaussage. Er wusste schon einiges über diese Frau. Sie war tough, hilfsbereit und nicht nachtragend. Und sie war die Ex-Freundin von Rooster, doch das ging niemanden etwas an. Zum Glück hatte damals keiner der Kollegen die Szene mitbekommen, als der feige Womanizer im Hagel vor ihr geflohen war.

Aber nun sah es so aus, als müsste Garett doch darüber reden.

„Ich habe eine Vermutung", sagte er bedächtig zu Hans-Gerd, obwohl es weit mehr als das war. „Er hat ein Problem mit Constanze Vogel, aber das bleibt bitte unter uns, ja?"

„Wie bitte?" Hans-Gerd sah äußerst verblüfft aus. „Was hat deine Nachbarin denn mit Kilian zu tun?"

In nüchternem Tonfall erläuterte Garett ihm kurz die Zusammenhänge. Beunruhigt sah er, wie sich das Gesicht seines Bosses dabei mehr und mehr verdüsterte. Kein Wunder, der Geschäftsführer von

Blackwood Germany legte großen Wert auf ein vertrauensvolles Miteinander und Kilian hatte ihm die Wahrheit verschwiegen. „Verstehe", sagte er knapp, nachdem Garett geendet hatte und erhob sich. „Danke für deine Offenheit, ich werde das vertraulich behandeln." Seine Stimme hatte einen ungewohnt metallenen Klang. Mit energischen Schritten marschierte er aus dem Büro und ließ Garett mit zwiespältigen Gefühlen zurück.

Einerseits war er überzeugt, absolut richtig gehandelt zu haben. Andererseits waberte das mulmige Gefühl durch seinen Bauch, Kilian in Schwierigkeiten gebracht zu haben, obwohl das unsinnig war. Rooster hatte sich das ganz allein selbst eingebrockt. Was Hans-Gerd jetzt wohl tun würde?

Hör auf, darüber nachzudenken.

Garett atmete tief durch und wandte sich entschlossen seinem Computer zu. Er musste weiterarbeiten. Die Zeit lief ihnen davon und morgen war er nicht da. *Damned!* Seine Finger verharrten reglos über der Tastatur, weil ihm jäh aufging, dass er das unmöglich tun konnte. Rebecca war tot. Nichts brachte sie zurück. Er hingegen lebte und war hierher nach Köln gekommen, um einen verantwortlichen Job zu übernehmen. Welches Recht hatte er, sich morgen in seinem Appartement einzuigeln, wenn er in der Firma dringend gebraucht wurde?

„Ich hab dir den Tag zugesagt, du musst das nicht tun."

Hans-Gerd blickte ihn überrascht an.

„Ich will es aber", gab Garett ruhig zurück. Sein Team wusste schon Bescheid. „Das ehrt dich." Ein beifälliges Lächeln erschien auf dem Gesicht seines Bosses.

„Nonsens."

Garett schüttelte brüsk den Kopf und wandte sich betreten ab. Er verdiente dieses Lob nicht, denn er hätte schon viel früher darauf kommen sollen.

Tütü-Tütüt! Tütü-Tütüt!

Der penetrante Ton des Weckers riss ihn aus tiefem, traumlosem Schlaf. Garett schaltete ihn ab, knipste das Licht an und schaute mit zugeschnürter Kehle hinüber zu Rebeccas Bild.

Vier Jahre.

„Ich hab Sehnsucht nach dir. Lieb mich, Garett." Er hörte ihre leise, noch etwas schläfrige Stimme wie ein weit entferntes Echo.

„Bis heute Abend, ich liebe dich." Die letzten Worte, die er an sie gerichtet hatte. Fröhlich und zärtlich, noch erfüllt von der Leidenschaft der vergangenen halben Stunde. Ahnungslos, dass er seine Frau das letzte Mal lebend sah. Nur ein paar Stunden später war sie tot und er in der Hölle gewesen.

Jetzt war er hier. Von Seattle und dem Garett Parker, der damals gleichfalls sterben wollte, tausende Meilen entfernt. Ebenso weit weg war Beckys Grab. Er konnte nicht dort sein, doch daran war nichts zu ändern.

Garett stand auf, obwohl es ihm wahnsinnig schwer fiel. Sein Gesicht zeigte es deutlich, als er sich rasierte. Die Furchen um seinen Mund waren noch tiefer als sonst und in seinen Augen lag einsame Melancholie. Aber er würde seinen Entschluss nicht rückgängig machen. Er verließ das Bad und zog sich an. Bewusst wählte er dabei einen der neuen Pullover aus, die er neulich gekauft hatte. Ein rauchblauer Rolli. Becky hatte ihn gerne in dieser Farbe gesehen.

„Sie lässt deine Augen strahlen, Darling."

Heute nicht.

Constanze Vogel saß bereits im Auto, als er aus dem Haus trat. Er hatte ihr gestern Abend kurz Bescheid gesagt, dass er heute doch keinen Urlaub hatte, sondern mitfahren würde. Warum, verschwieg er selbstredend und sie fragte nicht nach, sondern hatte bloß genickt. Garett stieg ein und erwiderte mit einem erzwungenen Lächeln ihren freundlichen Gruß. „Guten Morgen."

Sie fuhr los und fragte wie jeden Morgen: „Bäcker?"

„Nein, danke."

Er hatte nicht gefrühstückt, doch er wusste aus Erfahrung, dass er heute keinerlei Hunger verspüren würde. Mit verkniffenen Lippen starrte Garett aus dem Fenster. Der Himmel war düstergrau verhangen. Grabesstimmung, wie passend. Manchmal unterhielten Constanze Vogel und er sich während der kurzen Fahrt. Nichts persönliches, ein wenig Smalltalk übers Wetter und solche Dinge. Trotz ihres Friedensschlusses waren sie ja nichts weiter als zwei Nachbarn, die zusammen zur Arbeit fuhren. Heute war er heilfroh, dass sie ebenso schwieg wie er. Sein Magen verknotete sich, als das Firmengebäude von Blackwood Germany vor ihnen auftauchte. Ihm graute vor den mitleidigen Blicken, die ihm heute zwangsläufig folgen würden. Wenigstens konnte er davon ausgehen, dass Hans-Gerd dafür sorgte, dass man ihn weitestgehend in Ruhe ließ. Dennoch wünschte Garett sich jäh tausende Meilen weg, als sie vor dem Autohaus anhielten.

„Alles in Ordnung mit Ihnen, Mr. Parker?"

Aus den Augenwinkeln sah er, dass seine Nachbarin ihn aufmerksam musterte. Er nickte stumm, ohne sie anzusehen und fasste zögernd an die Türklinke. Seine Finger zitterten. Da legte Constanze Vogel plötzlich ganz sachte ihre Hand auf seinen linken Unterarm. „Wirklich?", fragte sie leise und so sanft, wie er es nie zuvor bei ihr vernommen hatte. Garett bekam eine Gänsehaut. Sie hatte gemerkt, dass mit ihm etwas nicht stimmte! Das bewies, dass diese Frau hinter ihrer forschen Fassade sensibel war. Eine weitere positive Eigenschaft. Trotzdem war sie immer noch eine Fremde für ihn. Die Wahrheit wollte Garett ihr nicht verraten; sie anlügen indes auch nicht, denn ihre Anteilnahme war echt, daran zweifelte er nicht. Er blickte auf ihre Hand, die so fest zupacken konnte und ihn jetzt so zart berührte und sah seiner Nachbarin dann offen ins Gesicht. „Nein", gab er ehrlich zu. Seine Stimme bebte. „Dieser Tag ist immer sehr schwer für mich."

„Ich verstehe." In den dunklen Augen blitzte es mitfühlend auf. „Dann wünsche ich Ihnen alle Kraft, die Sie heute benötigen." Sie nahm ihre Hand weg und lächelte aufmunternd. „Sie schaffen das, Mr. Parker."

„Danke, das ist sehr nett von Ihnen", antwortete er tief berührt und stieg aus. Gedankenversunken schlenderte er auf seine Firma zu. Es war schon seltsam. Hätte ihm vor vier Wochen jemand prophezeit, dass ausgerechnet Constanze Vogel ihm am 18. September schlicht und aufrichtig Mut zusprechen würde, hätte er denjenigen garantiert für verrückt erklärt. Weil er damals nicht ahnen konnte, dass sie wirklich *verstand*, wie er sich heute fühlte. Auch in ihrem Leben gab es ein Datum, das sie nie vergessen würde; an dem sie mit schmerzhaften Erinnerungen zu kämpfen hatte. Wegen Kilian. Nur seinetwegen ging Garett heute arbeiten, als wäre ein ganz normaler Tag. Das würde es niemals sein, doch die Worte seiner Nachbarin klangen in ihm nach und gaben ihm tatsächlich Kraft. Er hatte die letzten vier Jahre überstanden und er würde auch diesen Tag überstehen.

Erschöpft, aber auch ein wenig stolz auf sich, betrat er am späten Nachmittag sein Appartement. Leicht war er nicht gewesen, dieser Tag, doch längst nicht so schlimm, wie er befürchtet hatte. Sein Boss hatte eindeutig die von ihm erhoffte Order herausgegeben, denn man hatte ihn die meiste Zeit in Ruhe gelassen. Moritz war einige Male bei ihm aufgetaucht, weil er Fragen hatte, aber danach sofort wieder verschwunden und was noch viel erfreulicher war: keiner starrte ihn mitleidig an. Auch dass er nicht mit zum Essen ging, wurde kommentarlos akzeptiert. Garett war außerordentlich dankbar für das taktvolle Verhalten seiner Kollegen. Der Nachmittag war dank intensiver Arbeit rasch verflogen und als er kurz nach 17 Uhr aus der Firma trat, hatte er mit einem leichten Lächeln auf den Lippen befreit durchgeatmet. Er hatte es geschafft!

Wie angespannt er dennoch gewesen war, bemerkte Garett erst jetzt. Seine verkrampften Schultern, den dumpfen Kopfschmerz. Rasch zog er sich deshalb aus und ging ins Bad. Eine Viertelstunde stand er reglos unter der heißen Dusche. Heaven, das tat gut! Hinterher betrachtete er sich im Spiegel und dabei fiel ihm erstaunt auf, dass er zwar müde dreinblickte, ansonsten jedoch aussah wie immer. Der verhärmte Gesichtsausdruck von heute Morgen war verschwunden. Als er aus dem Bad kam, blinkte sein Smartphone. Seiner Mutter hatte ihm eine WhatsApp geschickt.

Ich hoffe, du hast den Tag einigermaßen überstanden. Fühl dich umarmt. Kuss Mum.

Garett lächelte. Wenn sie wüsste! Er nahm sich vor, sie am Wochenende mal wieder anzurufen. Sie würde gewiss mehr als überrascht sein zu hören, dass er heute gearbeitet hatte.

Obwohl es erst halb sechs war, zog er seinen Pyjama an, schaltete den Fernseher ein und machte es sich auf dem Bett bequem.

Hatte es geklingelt?

Garett fuhr schlaftrunken hoch und lauschte angestrengt, doch es blieb still. Anscheinend hatte er geträumt. Ein Blick auf den Wecker zeigte ihm, dass er fast drei Stunden geschlafen hatte. Er gähnte laut, setzte sich auf und sah träge zum Fernseher hinüber, in dem vier Männer in Anzügen über irgendetwas diskutierten.

„Ding Dong!"

Okay, es war doch kein Traum gewesen.

Unschlüssig erhob er sich. Eigentlich hatte er keine Lust, heute noch mit irgendjemandem zu reden; schon gar nicht mit den Krügers. Aber vielleicht war es ja auch Constanze Vogel, die sich erkundigen wollte, wie es ihm ging. Eine derart freundliche Geste traute Garett ihr nach heute Morgen durchaus zu. Den ganzen Tag über hatte er immer wieder mal an ihre netten, aufmunternden Worte gedacht.

„Ding Dong!"

Also gut, er würde aufmachen. Sollten es doch die Krügers sein, hatte er halt Pech gehabt. Rasch ging er zur Türe, öffnete sie jedoch nur einen Spalt, da ihm im letzten Moment auffiel, dass er ja bereits im Pyjama war.

„Entschuldigen Sie, Mr. Parker."

Seine Nachbarin brachte die Worte nur mühsam heraus. Ihr Gesicht war aschfahl, die dunklen Augen glasig und sie schwankte heftig. Garett war schockiert. Die Frau war total betrunken! DAS hätte er ihr niemals zugetraut. „Was wollen Sie?", fragte er schroff.

„Ich hab Fieber und rasende Kopfschmerzen." Constanze Vogel rieb ihre Stirn und sah ihn flehend an. „Haben Sie vielleicht ein Medikament dagegen im Haus?"

Damned, Parker!

Sie war nicht betrunken, sondern krank! Augenblicklich bereute er seinen schroffen Tonfall. „Nein, leider nicht", antwortete Garett aufrichtig bedauernd. Er hätte ihr wirklich gern geholfen, aber mit Medizin konnte er nicht dienen. Seit Kindesbeinen an erfreute er sich einer sehr robusten Gesundheit; das einzige, das er immer im Haus hatte, waren Pflaster, weil er sich ab und zu beim Rasieren schnitt.

„Ach." Seine Nachbarin ächzte enttäuscht. „Na gut, dann versuch ich es halt bei Jeanette und Max." Sie wankte hinüber zur Treppe und stolperte fast über die erste Stufe. Garett erschrak. Heaven, er durfte auf keinen Fall zulassen, dass sie sich in ihrem Zustand nach oben quälte! Geschwind zog er den Schlüssel aus seiner Jacke, die an der Garderobe hing, knallte die Türe hinter sich zu und eilte ihr hinterher. Dass er bloß Pyjama trug, war ihm plötzlich egal. Sie hatte ihn ja ohnehin schon darin gesehen. „Warten Sie, Frau Vogel, ich gehe hoch und frage!", rief er ihr zu. Sie drehte sich um und schaute ihn fassungslos an. „Das würden Sie tun?" Ihre Stimme klang so verwundert, als hätte ihr noch nie jemand einen solchen Gefallen getan.

„Ja." Garett nickte energisch und zeigte auf ihr Appartement. „Gehen Sie wieder rein, und lassen Sie einfach die Türe auf. Ich bin so schnell wie möglich zurück, okay?" „Okay", flüsterte sie und lächelte zittrig. „Danke, Mr. Parker." Er wartete, bis sie sicher drinnen war und rannte dann nach oben.

„Oh, die arme Constanze." Jeanette, die ihn zuerst verwundert angeglotzt hatte, schlug theatralisch die Hände vor den Mund, als er ihr sagte, weshalb er hier war. Max hingegen handelte sofort. Der junge Mann verschwand und kam gleich darauf mit einer Packung zurück. „Aspirin, das müsste ihr rasch helfen." „Danke", erwiderte Garett knapp und war schon wieder auf dem Weg nach unten. Gleich darauf betrat er erstmals, seit sie ihn damals im August, völlig zu Recht, rausgeworfen hatte, das Appartement seiner Nachbarin. Sie lag in ihrem Schlafzimmer mit geschlossenen Augen auf dem Bett und stöhnte schmerzvoll. Sachte berührte Garett ihre rechte Hand und sagte leise:

„Frau Vogel? Ich bin hier." Als sie mühsam die Augen aufschlug, lächelte er sie beruhigend an. „Max hat mir Aspirin gegeben."

Auf ihrem Nachttisch stand eine Wasserflasche und daneben ein Glas, das er jetzt halb füllte. Dann nahm er eine Tablette aus der Packung. Constanze Vogel versuchte derweil, sich aufzurichten, fiel jedoch zurück und fasste sich mit verzerrter Miene an die Stirn. „Au, es tut so schrecklich weh", wimmerte sie.

„Ich helfe Ihnen."

Garett setzte sich neben sie auf die Bettkante, schob seinen linken Arm unter ihre Schultern und half ihr, sich aufzusetzen. Mein Gott, wie heiß sie war! Ihre Hand zitterte so heftig, als sie die Tablette nahm, dass er ihr das Glas Wasser lieber selber an den Mund hielt. Sie trank es mit hastigen Schlucken aus und kippte dann kraftlos gegen seine Brust. Ohne zu überlegen, ließ er das leere Glas einfach aufs Bett fallen und umfasste sie mit beiden Armen. Die Ärmste; sie tat ihm furchtbar leid.

Nach einer Weile löste der enge Körperkontakt jedoch ambivalente Gefühle in ihm aus, die durch den Spiegel an der Wand, in dem er sie beide sehen konnte, noch verstärkt wurden und dann überfiel ihn mit brachialer Wucht, was hier gerade geschah. Ausgerechnet an Beckys Todestag saß er, lediglich mit einem Pyjama bekleidet in einem fremden Schlafzimmer und hielt zum ersten Mal seit vier Jahren wieder eine Frau im Arm. Ein ewig lang vermisstes Gefühl, nur leider tat er es nicht aus Leidenschaft, sondern bloß, weil diese Frau krank war. Trotzdem fühlte es sich seltsam gut an und deshalb blieb er weiterhin ruhig sitzen und fasste sogar mit der linken Hand vorsichtig an ihre glühend heiße Stirn und streichelte sanft über ihre Schläfen. Constanze Vogel reagierte darauf mit einem leisen Seufzen, es tat ihr offenbar gut.

„Besser?", murmelte Garett nach einer Weile.

„Ja", wisperte sie. „Es tut mir leid, dass ich Sie gestört habe. Ausgerechnet heute, meine ich."

Heaven!

Garett traute seinen Ohren kaum. Sie war schwer krank und machte sich Gedanken um *ihn*? Das musste er ihr sofort ausreden. Vorsichtig schob er sie ein Stück zurück und sah ihr in die fiebrig glänzenden Augen. „Das macht gar nichts", sagte er ruhig. „Ehrlich Constanze, ich bin froh, dass ich dir helfen kann." In Anbetracht der doch sehr vertraulichen Situation erschien es ihm plötzlich selbstverständlich, sie zu duzen. Offenbar empfand sie das nicht so, denn sie starrte ihn so entgeistert an, dass Garett sich hastig entschuldigte. „Ähm, sorry, ich wollte nicht unhöflich sein, Frau Vogel."

„Nein, nein, das ist völlig okay, Garett", erwiderte sie mit erstickter Stimme. „Ich bin nur total durcheinander. Weißt du, Kilian", sie stockte und schluchzte auf. „Kilian, er hätte niemals…" Abermals brach sie mitten im Satz ab und begann jäh heftig zu weinen.

Oh my God!

Sie derart aufgelöst zu erleben, machte ihn hilflos und gleichzeitig tat es ihm richtig weh. „Pscht, nicht weinen", flüsterte Garett teilnahmsvoll und zog sie sanft wieder an sich. „Hör auf, bitte." Aber sie hörte nicht auf und innerhalb kürzester Zeit war sein Pyjamaoberteil völlig durchnässt. Schließlich wurde sie doch ruhiger, atmete tiefer und auf einmal bemerkte er, dass sie eingeschlafen war. Langsam löste er einen Arm von ihr und stellte das Glas zurück auf den Nachttisch. Behutsam legte er Constanze dann zurück aufs Bett und blickte grüblerisch auf ihr schmales, verweintes Gesicht hinunter. *Was hat er dir angetan?* Sein Magen zog sich zornig zusammen bei dem Gedanken, wie sehr der feige Womanizer sie verletzt haben musste. Damned, er wusste nicht, was vorgefallen war und sollte nicht einseitig Partei ergreifen, aber Garett spürte, dass er nicht mehr neutral bleiben konnte. Wenn Kilian zurückkkam, musste er dringend achtgeben, dass er diesen weiterhin kollegial behandelte.

Leise verließ Garett das Schlafzimmer. Als er durch den kleinen Flur zur Türe ging, fiel ihm ein umrahmtes Zertifikat an der Wand auf. Neugierig blieb er stehen und holte überrascht Luft. Es war das schulische Abschlusszeugnis von Constanze und das verriet ihm zwei interessante Details. Erstens war sie jünger, als er sie eingeschätzt hatte. Siebenundzwanzig erst, und sie stammte aus Leverkusen, einer Stadt unweit von Köln. Genau wie Kilian! Rooster hatte ihm mal erzählt, dass er da aufgewachsen war. Dort also hatten sich die beiden kennen und lieben gelernt; womöglich sogar zusammengelebt, bis zu jenem Tag X, der das Ende ihrer Beziehung brachte. Was auch immer geschehen war, Constanze konnte damals höchstens 24 Jahre alt gewesen sein. *Mein Gott, so jung*, dachte Garett schmerzlich berührt. Am liebsten wäre er zurückgegangen, um sie noch mal tröstend in den Arm zu nehmen, ließ es jedoch sein. Sie brauchte jetzt ihren Schlaf.

Rebecca lächelte ihm stumm entgegen, als er in sein Appartement kam. *Das hast du gut gemacht, ich bin stolz auf dich, Darling.*

Ja, genau das hätte sie gesagt, seine Becky. Garett schmunzelte gedankenvoll und genau in dem Moment knurrte sein Magen.

„Heaven."

Er legte die Hand auf den Bauch und lachte ungläubig auf. Nach vier Jahren verspürte er erstmals an einem 18. September Hunger! Unfassbar, aber es passte irgendwie zu den Ereignissen dieses Tages und als er kurz darauf herzhaft in einen Apfel biss, begriff er, dass sich heute etwas Entscheidendes geändert hatte. Der 18. September würde auch in Zukunft niemals ein normaler Tag für ihn sein, aber er hatte seinen Schrecken verloren.

Kapitel 9

„Und nach dem Apfel habe ich erst so richtig Hunger bekommen und mir noch zwei Steaks gebraten. Was sagst du dazu?"

Sheila Parker antwortete nicht, aber ihr Gesicht sprach Bände. Garett grinste. So perplex hatte er seine Mutter selten erlebt. Sie hatte ihn arglos angerufen, um nachzuhören, wie es ihm gestern ergangen war. Jetzt wusste sie es, denn er hatte ihr alles erzählt. Wieso er entschieden hatte, arbeiten zu gehen, die ganze Sache mit Constanze und zu guter Letzt seine Hungerattacke. „Du meine Güte, Garett, ich, ich", stammelte sie nun und lachte so ungläubig auf wie er gestern Abend. „Entschuldige, aber ich bin fassungslos! Das hört sich ja nach einem richtigen Wendepunkt an."

„Ja." Garett nickte ernst, denn genau das war es. „Weißt du, ich fühle mich", er stockte kurz und sprach dann offen aus, was er empfand. „Befreit. Ich fühle mich befreit, Mum."

„Ach, Darling, wie wunderbar, ich freu mich so für dich." Seine Mutter betrachtete ihn mit glänzenden Augen. „Und wie geht es deiner Nachbarin inzwischen?"

„Das weiß ich nicht, denn ich habe sie heute noch nicht gesehen." Constanze war am Morgen nicht erschienen, doch damit hatte Garett gerechnet. „Aber ich werde nachher auf jeden Fall mal zu ihr rüber gehen", sagte er energisch und schaute seine Mutter dann irritiert an, weil diese daraufhin schmunzelte. „Was ist?"

„Nichts, es gefällt mir nur, wie fürsorglich du ihr gegenüber bist."

„Nonsens", wiegelte Garett etwas brüsk ab, denn der Ausdruck „fürsorglich" erschien ihm ein bisschen zu stark. „Das ist einfach nur normale Nachbarschaftshilfe."

„Gewiss Darling", entgegnete Sheila Parker heiter und blickte auf ihre Uhr. „Tut mir leid, ich muss jetzt los. Meine Schüler warten. Ich wünsche dir einen schönen Abend."

„Und du komm gut durch den Tag. Bye, Mum."

Garett schaltete stirnrunzelnd die Kamera aus. Wieso hatte seine Mutter ihn denn gerade zum Schluss so merkwürdig angeschaut? „Seltsam", murmelte er, zuckte dann jedoch mit den Schultern. Das hatte sicher nichts zu bedeuten. Wahrscheinlich war sie in Gedanken bloß schon halb in der Schule gewesen.

Er stand auf, um in die Küche zu gehen, überlegte es sich dann aber anders. Essen konnte er später noch. Jetzt würde er erstmal nach Constanze sehen. Den ganzen Tag über hatte er immer wieder mal an sie gedacht. Hoffentlich ging es ihr besser.

„Hey, ich wollte gerade bei dir klingeln."

Constanze stand direkt vor ihm, als er seine Türe öffnete und sah ihn genauso überrascht an wie er sie. „Ähm, und ich wollte zu dir", entgegnete Garett etwas verlegen. „Alles okay, ich meine, geht es dir wieder gut?" Die Frage erübrigte sich im Prinzip, denn sie wirkte topfit und sah richtig gut aus.

„Ja, und ich bin hier, um mich zu bedanken."

Mit einem herzlichen Lächeln holte Constanze hinter ihrem Rücken eine Flasche hervor und streckte sie ihm entgegen. „Ich hoffe, ich habe das Richtige ausgesucht."

Garett war baff. Er trank selten Bier und Wein überhaupt nicht, aber zu einem Whisky sagte er nicht Nein. Allerdings mochte er keinen Bourbon, sondern am liebsten schottischen Single Malt und genau so einen hatte Constanze für ihn gekauft. Sie hatte seinen Geschmack richtig erraten, war das zu fassen? Er blickte in ihre Augen und wusste nicht, was er sagen sollte.

Dafür sprach nun jemand anderes. Von oben erklang Jeanettes Stimme. „Oh Max, bevor wir gehen, schau ich aber noch mal kurz nach Constanze."

„Verdammt", stieß Constanze flüsternd aus und blickte ihn beinahe so flehend an wie am Vorabend. „Sie war heute Mittag bei mir und ich hab mir fast gewünscht, wieder Fieber zu bekommen und in Tiefschlaf zu fallen."

„Das glaube ich", antwortete Garett ebenso leise mit unterdrücktem Lachen und ergriff spontan ihre Hand. „Ich rette dich, komm schnell rein." Lautlos schloss er die Türe und sie grinsten sich verständnissinnig an, während sie gespannt nach draußen lauschten.

„Oh, sie macht nicht auf, schade", ertönte es wenige Sekunden später enttäuscht. „Bestimmt schläft sie, die arme Maus."

Die toughe Constanze als arme Maus zu bezeichnen, konnte bloß Jeanette einfallen. Garett biss sich auf die Fingerknöchel, um nicht laut los zu prusten und winkte Constanze, ihm ins Zimmer zu folgen. Wie er, lachte auch sie sofort erheitert los, als sie drinnen waren. „Jetzt muss ich dir schon wieder danken", sagte sie mit vergnügter Miene. „Weißt du, sie ist ja sehr hilfsbereit, aber wahnsinnig anstrengend." „Oh, Constanze, ich weiß gar nicht, was du meinst", erwiderte er und ahmte Jeanettes Tonfall dabei perfekt nach. Constanze kicherte daraufhin wieder, ihre Augen funkelten belustigt. Garett grinste und betrachtete sie zufrieden. Nach dem gestrigen Abend, an dem sie so schrecklich geweint hatte, sie jetzt derart entspannt und fröhlich zu erleben und gemeinsam mit ihr zu lachen tat ihm richtig gut. „Möchte die arme Maus vielleicht einen Whisky mit mir trinken?", fragte er feixend, mit einem einladenden Augenzwinkern und schwenkte die Flasche. Seine Frage bestürzte Constanze jedoch sichtlich. Ihr Lächeln verschwand jäh und sie schaute ihn forschend, ja geradezu misstrauisch an. „Du, du musst nicht", stotterte Garett verwirrt über ihre Reaktion. „Es war nur eine Idee."

Eine blöde Idee, Parker.

Zu seiner Überraschung nickte sie jedoch. „In Ordnung", sagte sie langsam, „aber nur einen kleinen, dann bin ich weg." Ihre eindeutigen Worte und der weiterhin abschätzende Blick demonstrierten, dass sie freilich auf der Hut blieb. Aber warum?

„Schön."

Garett lächelte sie, wie er hoffte, beruhigend an und zeigte auf die Stühle. „Setz dich, ich hole uns Gläser." In der Küche atmete er erst mal tief durch und dann durchzuckte ihn plötzlich ein Gedanke. Damned, vielleicht hatte er mit seinem Vorschlag ja Erinnerungen an Kilian geweckt. Aber er war nicht wie Rooster! Hatte Constanze das etwa immer noch nicht begriffen?

Als er zurück ins Zimmer kam, sah er, dass sie nicht am Tisch saß, sondern an der Kommode stand und das Bild von Rebecca in der Hand hielt. „Deine Frau?", fragte sie kühl und schaute ihn herausfordernd an. Heaven, jetzt kapierte er! Sie hatte das Foto gesehen und glaubte anscheinend, er sei ein verheirateter Mann, der, weit weg von zuhause, einem Flirt mit seiner Nachbarin nicht abgeneigt war. Es störte Garett gewaltig, dass sie ihm so etwas zutraute, aber er verstand, dass sie deshalb so abweisend auf seine harmlos gemeinte Einladung reagiert hatte. Da gab es jetzt wohl nur eines, was er tun konnte.

„Sie *war* meine Frau", antwortete er so ruhig wie möglich und stellte die Gläser auf den Tisch. „Ich bin Witwer." „Witwer?", widerholte Constanze betroffen und schlug erschreckt eine Hand an den Mund. „Ja." Garett nahm die Flasche, öffnete sie und goss den Whisky ein. „Rebecca starb vor vier Jahren bei einem Verkehrsunfall." *Und mit ihr unser Kind.* Letzteres konnte er nicht mehr laut aussprechen, denn jäh, absolut unerwartet, überfiel ihn ein Flashback an jenen Moment, an dem er die grausame Wahrheit erfahren hatte.

Die tiefernsten Gesichter der beiden Detectives damals hatten ihn alarmiert, doch Garett war immer noch davon ausgegangen, dass ein Irrtum vorliegen musste. Bis sie es ihm sagten. „Es tut uns leid, Sir, aber wir kommen mit einer schlechten Nachricht." Becky hatte, vielleicht in Gedanken an ihr leidenschaftliches Liebesspiel am Morgen unachtsam eine Straße überquert und war von einem Truck überrollt worden. „Sie war sofort tot." Worte, die nur verzögert sein Gehirn erreichten und dann sein Herz zerfetzt hatten.

Mit einer heftigen Bewegung stellte Garett die Flasche ab und sah zu Constanze, die ihn erschüttert anstarrte. „Gestern war ihr Todestag." Seine Stimme bebte. Rasch nahm er eines der Gläser, leerte es in einem Zug und atmete tief durch. Damned, dem befreiten Gefühl zum Trotz tat es jetzt, in diesem Augenblick, wieder höllisch weh.

„Verzeih mir, Garett."

Constanze stellte behutsam das Bild ab und kam auf ihn zu. In ihren Augen glitzerten Tränen; zwei davon lösten sich und rannen über ihre Wangen. „Jeanette hat mir gesagt, du wärst Single und als ich das Bild sah, da dachte ich.." Sie hielt inne, als er abrupt die Hand hob. „Du dachtest, ich hätte sie angelogen", beendete Garett ihren Satz brüsk. „Aber das habe ich nicht. Sie und Max wissen nur nichts von Rebecca." Er goss sich nach und reichte Constanze das andere Glas. „Du kannst dir ja denken, was Jeanette dazu sagen würde." Mit ironisch bitterer Stimme imitierte er die junge Frau erneut. „Oh Garett, du tust mir ja sooo leid, du arme Maus."

„Ja, vermutlich." Constanze lachte schluchzend, nahm das Glas und legte dann, wie am Vortag, kurz ihre Hand auf seinen Unterarm. „Mir tut es ebenfalls Leid", sagte sie kleinlaut. „Nicht nur das mit deiner Frau, sondern auch, dass ich dir eine solche Lüge zugetraut habe."

Ihre ehrliche Entschuldigung besänftigte seinen Unmut augenblicklich und der höllische Schmerz ebbte ebenfalls merklich ab. „It's okay, Constanze." Mit einem versöhnlichen Lächeln prostete Garett ihr zu. „Cheers."

„Cheers", sagte sie leise. Ihre Blicke trafen sich, während sie beide einen tiefen Schluck nahmen. *Ich verstehe deinen Schmerz.* Glasklar las er das in den dunkelbraunen Augen. *Erzähl mir von deinem,* sendete Garett stumm zurück. Er hatte sich soeben offenbart. Würde sie es auch tun? Als Constanze blitzartig den Blick senkte, wusste er jedoch, dass er keine Antwort bekommen würde. *Schade,* dachte er und fragte sich, weshalb er so enttäuscht darüber war. Trotz des inzwischen freundlichen Umgangs miteinander, waren sie doch nichts weiter als Nachbarn und Constanze war ihm zu nichts verpflichtet. Um ihr zu demonstrieren, dass er ihr Schweigen akzeptierte, fragte er in neutralem Ton: „Wirst du morgen wieder arbeiten gehen?"

„Ja, wir sehen uns also zur normalen Zeit." Sie trank aus und stellte ihr Glas ab. „Danke für den Whisky." Ihr distanziertes Lächeln zeigte, dass sie sich hinter ihre Schutzmauer zurückgezogen hatte. „Einen schönen Abend noch."

„Dir auch." Da er spürte, dass sie nicht wollte, dass er sie zur Türe begleitete, blieb Garett am Tisch stehen und blickte ihr nachdenklich hinterher.

„Ach, Garett?"

Constanze drehte sich wieder zu ihm um. „Nicht, dass ich ihn vermisse, aber was ist eigentlich mit Kilian?", fragte sie mit undurchdringlicher Miene. „Hat er Urlaub oder ist er krank?"

Verblüfft starrte Garett sie an. Er hatte sich zwar schon mehrfach gefragt, wieso sie ihn nicht darauf ansprach, dass ihr Ex-Freund seit seinem feigen Abgang fehlte, aber jetzt kam das gänzlich unerwartet. Gerade eben hatte sie das Thema Kilian noch abgeblockt und nun das. Woher dieser Sinneswandel?

„Ja, er ist krank", erklärte er zögernd wider besseren Wissens. *In Wahrheit kämpft der Feigling immer noch mit der Tatsache, dass du neben uns arbeitest.* Um nichts in der Welt hätte er das laut gesagt, doch das war gar nicht nötig, wie Garett begriff, als Constanze zynisch auflachte. Zweifellos hatte sie es in seinen Augen gelesen.

„Genau das habe ich mir gedacht", sagte sie bissig. „Lass mich raten, der Ärmste leidet unter Magenproblemen?"

Garett nickte bestürzt. Woher wusste sie das?

Weil sie ihn kennt, Parker.

Ihre nächsten Worte bestätigten dies. „Seine beliebteste Ausrede, wenn es unangenehm wird, dabei besitzt er den robusten Magen eines Schweines, glaub mir." Kalter Zorn überzog nun ihr schmales Gesicht. „Nein, das einzige, das Kilian Klein momentan plagt, ist die fieberhafte Suche nach einer Lösung, um mich nicht wiedersehen zu müssen."

„Was willst du damit sagen?" Beunruhigt sah Garett sie an.

„Er bereitet seinen Abgang vor" sagte sie mit eisiger Stimme und einem ebensolchen Blick. „Genauso skrupellos und feige wie damals, als er mich im Stich gelassen hat. Stell dich schon mal darauf ein, dass du demnächst einen Kollegen weniger hast."

Heaven!

„Du glaubst, er wird kündigen?", stieß Garett entgeistert aus. „Bloß, weil du nebenan arbeitest? Das ist nicht dein Ernst!"

„Doch." Constanze lächelte bitter. „Mein Anblick erinnert ihn an die erbärmlichste Episode seines Lebens und da ich ihn kenne, weiß ich, dass das nicht aushält." Sie holte tief Luft und ergänzte leiser: „Mehr möchte ich vorläufig nicht dazu sagen, ich hoffe, du verstehst das." Sie wandte sich ab und verschwand nach draußen.

„Damned!"

Sein Herz klopfte nervös, als Garett am nächsten Morgen auf den Wagen von Constanze zuging. Er hatte schlecht geschlafen und war immer noch tief erschüttert darüber, was sie ihm über Kilian offenbart hatte. Gewiss lag auch hinter ihr eine unruhige Nacht.

Doch Constanze, wie immer sehr schick gekleidet, überraschte ihn wieder einmal. Sie wirkte weder müde noch niedergeschlagen. „Guten Morgen", begrüßte sie ihn mit einem munteren Lächeln und ließ den Motor an. „Bäcker?"

„Nein, danke, ich habe gefrühstückt", antwortete Garett und bemühte sich, dabei nicht allzu erstaunt zu klingen. Diese Frau war einfach unglaublich! Verstohlen schielte er während der Fahrt mehrfach zu ihr rüber und dachte daran, was sie einander gestern preisgegeben hatten. Zuerst er, notgedrungen, doch im Nachhinein tat es ihm ganz und gar nicht Leid. Seine Offenheit, davon war er überzeugt, hatte Constanze ermuntert, ihre Schutzmauer zumindest ein Stück weit zu senken und es war ihm keineswegs entgangen, was sie ihm zum Schluss zu verstehen gegeben hatte: Eines Tages, wenn sie ihm genügend vertraute, würde sie ihm wahrscheinlich verraten, was zwischen ihr und dem feigen Womanizer vorgefallen war. Solange musste er sich gedulden, aber das war okay.

„Ich nehme an, du wirst Herrn Holtdorf mitteilen, was ich dir gesagt habe", sagte sie, als sie vor dem Autohaus anhielten.

„Ja." Hans-Gerd hatte heute früh einen Außentermin, doch sobald er kam, würde Garett ihn um ein Gespräch unter vier Augen bitten. Ein wenig fühlte er sich zwar wie ein Denunziant, aber er durfte nicht verschweigen, was Constanze über Kilians Absichten gesagt hatte, das war ihm in der Nacht klar geworden. Wenn Rooster kündigte, und daran zweifelte er nicht, musste sein Boss vorbereitet sein.

„Meinst du, er glaubt es?" Constanze seufzte und sah plötzlich bedrückt aus. „Womöglich denkt er ja, ich wolle Kilian anschwärzen oder so etwas." „Nein, auf keinen Fall!" Garett schaute sie bestürzt an. Wie kam sie bloß auf diese absurde Idee? Als ob sie ein Mensch wäre, der so etwas täte. „Woher willst du das wissen?", fragte sie skeptisch. „Weil er mich kennt", erklärte er ruhig, legte seine Hand auf ihre und blickte ihr eindringlich in die Augen. „Er wird es glauben, weil ich dir glaube." Als sie daraufhin verlegen und dankbar lächelte, durchrieselte ihn ein warmes Gefühl. „Also, mach dir bitte keine Sorgen, Constanze." Er zwinkerte ihr zu und stieg aus.

Miriam begrüßte ihn fröhlich wie immer, als er die Firma betrat. „Hi Garett, geht's dir gut?"

„Ja, alles bestens." Mehr oder weniger jedenfalls. Er ging in Richtung seines Büros, da rief sie plötzlich hinter seinem Rücken erstaunt aus: „Was macht denn Hans-Gerd hier, hat er etwa seinen Termin vergessen?"

Garett drehte sich um und erschrak. Das sonst so heitere Gesicht des Geschäftsführers, der soeben durch die Eingangstüre kam, trug einen kalt beherrschten Ausdruck. „Guten Morgen", sagte er ungewöhnlich schroff. „Ehe du fragst, Miriam, ich habe den Termin verschoben, denn wir haben ein ernstes Problem. Kommt bitte beide sofort mit in mein Büro."

Damned!

„Was hat das zu bedeuten?", flüsterte Miriam entgeistert, während sie nebeneinander ihrem Boss eilig folgten. Garett antwortete nicht. *Kilian!* Hatte Rooster schon gehandelt? Sein Verdacht wurde zur fast hundertprozentigen Gewissheit, als Hans-Gerd die Türe schloss, nachdem er und Miriam eingetreten waren. Ein absolutes Novum in dieser Firma.

„Setzt euch."

Der Geschäftsführer schaute sie ein paar Sekunden lang schweigend an und sagte dann: „Kilian hat zum 31. Dezember gekündigt und wird bis dahin auch nicht mehr zurückkommen."

„Gekündigt?!", rief Miriam hell entsetzt.

Garett sagte nichts. Für Blackwood Germany war das natürlich eine Katastrophe, doch sein erster Gedanke galt Constanze. Sie hatte Recht behalten und er sah ihr grimmig befriedigtes Lächeln, wenn sie es erfuhr, schon vor sich. Er würde es ihr gleich nachher in der Mittagspause sagen. Sie sahen sich ja immer im Restaurant.

„Was soll das heißen, er kommt nicht mehr?", wollte Miriam wissen. „Ist er denn so krank?" „Offiziell schon", sagte Hans-Gerd mit kalter Stimme. „Was ich euch jetzt mitteile, bleibt unter uns."

Kilian war gestern Abend unangemeldet bei ihm zuhause aufgetaucht und hatte um ein Gespräch unter vier Augen gebeten. Hans-

Gerd führte ihn daraufhin in sein Privatbüro und traute seinen Ohren nicht, als Rooster ihm eröffnete, dass er ein lukratives Jobangebot von einer Frankfurter Firma erhalten habe, deshalb kündige und sofortige Freistellung verlangte. „Ich habe ihm gesagt, dass das unter keinen Umständen geht und er die Kündigungsfrist einhalten müsse." Kilian blickte ihn nur eiskalt lächelnd an und zog dann eine neue Krankmeldung aus der Jackentasche. Es täte ihm schrecklich leid, doch seine Magenprobleme wären noch schlimmer geworden und er glaube nicht, dass er vor Ablauf der Kündigungsfrist noch einmal arbeiten kommen könne. Sein außerordentlich guter Arzt rate ihm jedenfalls davon ab. Ob Hans-Gerd ihn vielleicht nicht doch freistellen wolle?

„Mein Gott, das glaube ich nicht, Hans-Gerd!" Miriams Stimme überschlug sich fast. „Was ist denn nur in ihn gefahren?"

Garett schwieg weiterhin. Hätte Constanze ihn nicht vorgewarnt, wäre er ebenfalls entgeistert gewesen; so aber war er nicht im Geringsten erstaunt über das perfide Handeln des Womanizer. Clever gemacht von Rooster, ein Gespräch ohne Zeugen.

„Genau das habe ich ihn auch gefragt, Miriam. Er gab mir keine Antwort darauf, sondern ging einfach", sagte Hans-Gerd mit einem schmerzlichen Lächeln. Es war unverkennbar, wie tief ihn das skrupellose Verhalten von Kilian getroffen hatte. „Setz bitte für halb neun ein Sonder-Meeting an", bat er seine Assistentin. „Du kannst den anderen ruhig sagen, worum es geht. Garett, du bleibst noch einen Moment."

Garett nickte stumm. Damit hatte er gerechnet. Selbstverständlich war seinem Boss aufgefallen, wie gelassen er auf die schlechte Nachricht reagiert hatte. Hans-Gerd schaute ihn dementsprechend durchdringend an, nachdem Miriam hinausgegangen war.

„Du scheinst nicht überrascht zu sein."

„Nein."

Ruhig und entschlossen berichtete Garett von dem Gespräch mit Constanze. Jetzt kam er sich nicht mehr wie ein Denunziant vor. Er lieferte seinem Boss lediglich die Erklärung, die dieser benötigte.

„Sie ist der wahre Grund?" Hans-Gerd war fassungslos. „Mein Gott, obwohl du mir gesagt hattest, dass er vermutlich ihretwegen fehlt, darauf wäre ich nie gekommen." Er stand auf und ging zum Fenster. Eine ganze Weile sah er schweigend hinaus und schüttelte immer wieder den Kopf. Garett beobachtete ihn mit bitterer Miene. Von einem langjährigen Mitarbeiter eiskalt angelogen; aus purer Feigheit. Welch abgrundtief menschliche Enttäuschung musste das für diesen Mann sein, dem ein offenes Miteinander so wichtig war. Damned, er war gewiss nicht gewalttätig, aber wäre Kilian jetzt hier, würde Garett ihm dafür eine reinhauen. Nein, mindestens zwei bis fünf! Allein für das, was er Constanze angetan hatte.

„Deine Nachbarin wird sicher froh sein, wenn sie das erfährt." Hans-Gerd drehte sich um. „Ich weiß nicht, ob ich ihrer Aussage geglaubt hätte, wenn du mir das vor ein, zwei Tagen erzählt hättest." Er ging zurück an den Schreibtisch und blickte Garett nachdenklich an. „Aber du hast es sofort getan, nicht wahr? Warum, du kennst sie doch erst seit kurzem."

Garett lächelte unwillkürlich. „Stimmt, aber ich habe schnell herausgefunden, dass sie eine starke ehrliche Frau ist." Außerdem mutig, fair, sensibel und sanft konnte sie auch sein. „Mit anderen Worten, Kilian hatte sie überhaupt nicht verdient", meinte Hans-Gerd barsch und schüttelte erneut den Kopf.

Nein, das hatte Rooster wahrhaftig nicht. Constanze war viel, viel zu gut für ihn gewesen. Dasselbe warme Gefühl wie vorhin durchströmte Garett und unvermittelt überfiel ihn das starke Bedürfnis, sie zu sehen. Sie sollte es sofort erfahren, nicht erst in der Mittagspause. „Ich würde gern rasch zu Brock rüber gehen, um es ihr zu erzählen, wenn du nichts dagegen hast", sagte er zu Hans-Gerd.

„Wieso sollte ich?" Sein Boss schaute ihn an und schmunzelte. „Ich hab das Gefühl, du magst sie."

„Ähm, ja, aber nicht so, wie du vielleicht denkst", erwiderte Garett hastig. „Sie ist nett und wir sind gute Nachbarn, das ist alles."

„Verstehe." Hans-Gerd schaltete seinen PC an. „Dann geh zu ihr, denk nur dran, in zehn Minuten ist das Meeting." „Ich werde pünktlich wieder da sein", versicherte Garett und eilte hinaus.

Auf dem kurzen Weg zum Autohaus musste er daran denken, wie entsetzt er anfangs gewesen war, dass Constanze und er auch beruflich Nachbarn waren. Gerade mal knapp drei Wochen war das her und nun war er freiwillig auf dem Weg zu ihr. Weil er sie mittlerweile wirklich gern hatte. Allerdings nicht so, wie Hans-Gerd angedeutet hatte! Garett runzelte die Stirn. Falls sein Boss glaubte, er sei in Constanze verliebt, irrte sich dieser gewaltig. Verliebt sein fühlte sich ganz anders an. Es war zwölf Jahre her, doch er wusste noch genau, wie es ihm ergangen war, als er Rebecca zum ersten Mal auf dem Uni-Campus begegnet war. Eine blondgelockte Elfe in einem strahlend weißen Sommerkleid, deren Lächeln ihn umhaute! Sein Herz hatte sich schlagartig in einen Presslufthammer verwandelt und mindestens eine Million der berühmten Schmetterlinge waren durch seinen Bauch geflattert. *Das* war Liebe! Die respektvollen Gefühle, die er Constanze gegenüber hegte, hatten damit rein gar nichts zu tun.

Er betrat das Autohaus.

„Mr. Parker! Herzlich Willkommen, womit kann ich Ihnen dienen?" Der Chefverkäufer eilte erfreut auf ihn zu. Hoffungsvolle Dollarzeichen blitzten in seinen Augen auf. Nein, Euro, korrigierte Garett sich stumm. „Nicht mit einem Auto", entgegnete er trocken. Er hatte zwar immer wieder mal darüber nachgedacht, doch im Prinzip brauchte er keins. Constanze nahm ihn mit zur Arbeit und wenn er etwas unternehmen wollte, kam er mit seinem Bahnticket problemlos überall hin in Köln. „Ich möchte nur kurz mit Frau Vogel sprechen, ist das möglich?"

„Selbstverständlich." Die Eurozeichen verschwanden enttäuscht, doch der Mann bewahrte Haltung. „Bitte folgen Sie mir."

„Garett!?"

Constanze sprang auf, als er ihr Büro betrat und sah ihn überrascht an. „Was machst du denn hier?"

„Ich habe eine gute Nachricht für dich."

Wie erwartet, lächelte sie grimmig befriedigt, während er ihr rasch berichtete und zwar alles. Wenn einer ein Recht darauf hatte, die ungeschönte Wahrheit zu hören, dann sie. „Für unsere Firma ist die Situation dadurch natürlich jetzt schwierig, aber wir schaffen das schon", meinte Garett zum Schluss energisch. „Für mich ist das Wichtigste, dass du ihn nicht mehr sehen musst."

Er hatte kaum ausgesprochen, da verwandelte sich ihr grimmiges Lächeln in ein überwältigend herzliches. „Ach, Garett, wie konnte ich dich bloß jemals mit ihm vergleichen?", sagte Constanze mit sanfter Stimme. „Du bist ein so netter Mann." Ihr weich schimmernder Blick löste erneut dieses warme Gefühl in ihm aus. Nun allerdings tausendfach stärker; es verbreitete sich in Lichtgeschwindigkeit in seinem gesamten Körper, verbrannte ihn und dann begriff er jäh, was mit ihm los war.

HEAVEN!

„Frau Vogel, haben Sie schon das Schreiben an…Oh, was machen Sie denn hier, Mr. Parker?" Herr Brock, der ins Büro hereingestürmt kam, sah ihn konsterniert an.

„Ich, ähm."

Garett räusperte sich hilflos. Sein Gehirn war wie paralysiert von dem, was er soeben kapiert hatte. Gleichzeitig klopfte sein Herz dermaßen rasant, dass er befürchtete, es könne jeden Moment explodieren. Zum Glück beantwortete Constanze, deren Miene blitzschnell geschäftlich nüchtern geworden war, die Frage ihres Chefs.

„Mr. Parker hat mir nur kurz etwas Wichtiges mitgeteilt", sagte sie ruhig und nickte Garett zu. „Das war wirklich nett von dir, aber jetzt muss ich weiter arbeiten. Wir sehen uns."

„Ja."

Garett drehte sich um und verließ fluchtartig das Autohaus.

Kapitel 10

Wie in Trance lief Garett auf das Gebäude von Blackwood Germany zu. Sein Herz hämmerte immer noch wie wild, während in seinem Innern unaufhörlich der Satz wiederhallte, den er vorhin, im Brustton der Überzeugung, seinem Boss gegenüber geäußert hatte. „Sie ist nett und wir sind gute Nachbarn, das ist alles."

Damned, Parker, du warst so blind!

Wie lange hatte er furchtsam jeglichen Gedanken an eine neue Beziehung abgelehnt. Selbst nachdem ihm klargeworden war, dass er sich wieder nach Liebe sehnte, nie ernsthafte Schritte unternommen, um eine Frau kennen zu lernen. Dabei hätte er nur ausgehen müssen. Hier in Köln gab es Hunderte Kneipen, Cafés und Bars, in denen es vor Singles nur so wimmelte. Die Quote von Alleinstehenden war ziemlich hoch in dieser Stadt, das hatte Garett irgendwo mal gelesen. Alternativ hätte er sich auch bei einer dieser Internet-Partnerbörsen anmelden können. So wie seine Kollegin Claudia es getan und dadurch ihren Marc gefunden hatte. Weil ihm jedoch immer noch der Mut gefehlt hatte, hatte er nichts dergleichen getan. Und nun war es einfach so geschehen. Auf gänzlich andere Weise als damals bei Rebecca, aber das Ergebnis war dasselbe: Er hatte sich verliebt. Es waren ganz und gar nicht „respektvolle Gefühle", die ihn soeben zu Constanze getrieben hatten, sondern schlicht brennende Sehnsucht nach ihr. Seine anfangs so verabscheute Nachbarin, diese toughe, wunderbar sensible Frau hatte sich, ohne dass er es gemerkt hatte, in sein einsames Herz geschlichen, mitten hinein. Und das innerhalb kürzester Zeit. Was für ein Hammer!

Leider konnte er vorerst nicht weiter darüber nachdenken. Auf ihn wartete ein Meeting; wegen Kilians feigem Abgang. Garett lächelte grimmig. Noch wusste er nicht, ob er überhaupt eine Chance bei Constanze hatte, aber das größte Hindernis war schon mal aus dem Weg geräumt. Oder treffender ausgedrückt, es hatte sich selbst eliminiert. *Danke Rooster!*

„Wo warst du?", flüsterte Miriam neugierig, als er sich neben sie setzte. „Ich hatte was zu erledigen", erwiderte Garett knapp und blickte zu Hans-Gerd. Der lächelte kaum merklich und schaute dann mit ernster Miene in die Runde.

„Ihr wisst, warum wir hier sind."

Garett beobachtete seine Kollegen, als sein Boss bewundernswert gelassen die geschönte Version von Kilians Kündigung bekannt gab. Alle wirkten tief erschüttert, dass Rooster so schwer erkrankt war, dass er nicht mehr wiederkommen konnte. Sogar Claudia, die mit ihrem Teamleiter häufig aneinander gerasselt war, sah blass aus. *Wenn ihr wüsstet,* dachte Garett erbost und wechselte mit Miriam einen verstohlenen Blick. Hans-Gerd erklärte derweil, dass er alles tun würde, um möglichst rasch einen Nachfolger für Kilian zu finden. Bis dahin mussten sie halt so weitermachen wie in den vergangenen Wochen. „Ich weiß, dass dies für uns alle ein Schock ist", sagte der Geschäftsführer und schaute sie der Reihe nach eindringlich an. „Aber wir haben viel zu tun und deshalb will ich jetzt kein Gerede hören. Geht an eure Plätze und legt los."

Seine drastischen Worte wirkten. Es war selten so still gewesen in der Firma wie an diesem Vormittag.

Auch Garett bemühte sich redlich, konzentriert zu arbeiten, doch das funktionierte nur teilweise. Immer wieder verschwammen die Formeln vor seinen Augen und seine Gedanken schweiften ab zu Constanze. Wieso um alles in der Welt hatte er seine wahren Gefühle für sie nicht eher bemerkt? Es war schon kurz vor der Mittagspause, als er endlich die Antwort auf diese Frage fand und sie war so logisch, dass es fast peinlich war, wieso er jetzt erst darauf kam. Natürlich, der Befreiungsschlag vorgestern! Erst dadurch war er fähig geworden, die Wahrheit zu erkennen. Garett lächelte versonnen und dachte an Rebecca. Die Jahre mit ihr waren so wundervoll gewesen und er wusste, dass es hin und wieder noch wehtun würde, an sie zu denken. Aber er wusste auch, ohne jeglichen Zweifel, dass seine verstorbene Frau sich mit ihm gefreut und ihn ermuntert hätte, Constanze für sich zu gewinnen. Ebenso, wie seine Mutter es tun würde, wenn sie es erfuhr.

„Uff."

Garett stieß die Luft aus. Heaven, seine Mum! Erst gestern hatte er ihr gegenüber behauptet, noch felsenfest davon überzeugt, lediglich Nachbarschaftshilfe für Constanze geleistet zu haben. Wie sollte er ihr bloß begreiflich machen, dass er plötzlich verliebt in sie war? Am besten, er verschwieg es ihr vorerst. Auf jeden Fall so lange, bis er seine neuen überwältigenden Gefühle selber verarbeitet hatte. Erneut brandete heiße Sehnsucht nach Constanze in ihm auf. Er konnte es kaum erwarten, sie gleich wiederzusehen.

Doch sie war nicht da, als er eine Viertelstunde später freudig gespannt das Restaurant betrat. Nur Herr Brock und der Chefverkäufer; sie saßen an einem Tisch ganz hinten. Zutiefst enttäuscht blickte Garett während des Essens mehrfach zu ihnen hinüber. Warum war Constanze nicht mitgekommen? Sie ging doch sonst immer essen und winkte ihm stets lächelnd zu, wenn sie ihn sah. Wahrscheinlich musste sie etwas erledigen, aber ausgerechnet heute?

Frustriert griff er nach seinem Wasserglas und bemerkte auf einmal, dass Hans-Gerd ihn aufmerksam beobachtete. Die blauen Augen seines Bosses funkelten wissend. Bestürzt schaute Garett eilig weg und kratzte sich betreten an der linken Wange. Verdammt, sah man ihm seine Gefühle etwa so deutlich an?

Anscheinend ja, denn Hans-Gerd folgte ihm schnurstracks in sein Büro, als sie in die Firma zurückkamen. „Sie ist also nur eine nette Nachbarin", sagte er trocken und grinste amüsiert.

„Ich hab dich nicht angelogen", verteidigte Garett sich hastig. „Nicht bewusst jedenfalls." Er fuhr sich mit beiden Händen durch die Haare und schaute seinen Boss verlegen an. „Ich wusste es bloß bis vorhin selber nicht."

Hans-Gerd lachte. „Ja, wir Männer sind manchmal schrecklich begriffsstutzig, wenn es um unsere Gefühle geht", meinte er augenzwinkernd. „Du bist also wieder auf Liebe programmiert, das freut mich für dich." Er betrachtete Garett mit wohlwollender Miene. „Und auch für die junge Dame, denn einen Besseren wie dich könnte sie nicht finden." Garett spürte, wie er rot wurde bei diesem Kompliment und erwiderte mit rauer Stimme: „Danke, aber noch weiß ich nicht, ob sie mich überhaupt haben will."

„Finde es heraus." Hans-Gerd ging zur Türe. „Ich wünsche dir von Herzen, dass du Erfolg hast."

Das wünsche ich mir auch.

Grüblerisch blickte Garett auf die Formeln auf seinem Bildschirm. Es gefiel ihm gar nicht, doch er musste jetzt mal seine Gefühle beiseiteschieben und der Realität ins Auge sehen: Im Gegensatz zu ihm war Constanze weit davon entfernt, auf Liebe programmiert zu sein. Gewiss, sie mochte ihn, dessen war er sich sicher. Wie bei ihm, hatte sich auch ihr Eindruck von dem anfangs verabscheuten Nachbarn innerhalb weniger Wochen positiv gewandelt. Leider reichte die durchaus erfreuliche Steigerung vom „arroganten Arschloch" hin zum „netten Mann" bei weitem nicht aus. Er brauchte einen Plan; musste genau überlegen, wie er ihr Herz erobern könnte. Aber gab es überhaupt eine reelle Chance dafür? Kilian war zwar jetzt weg, doch die Schatten blieben zurück, die er geworfen hatte. Constanze war von ihm tief verletzt worden und Garett wusste immer noch nicht, wodurch. Was, wenn es derart schlimm gewesen war, dass sie keine Beziehung mehr haben wollte? Aus Angst, so wie es ihm auch lange Zeit ergangen war? Und selbst angenommen, es wäre nicht so und es könnte ihm tatsächlich gelingen, sie zu erobern, blieb da immer noch das Problem, dass er ja nur begrenzte Zeit in Deutschland war. Würde Constanze mit ihm in die Staaten gehen oder wäre das das Ende?

Garett sprang auf und tigerte unruhig minutenlang kreuz und quer durch sein Büro; geschüttelt von seinen quälenden Zweifeln.

Vergiss es, Parker. Es ist zwecklos, versuch es nicht mal.

„Nein, lass die Angst nicht siegen!" hörte er seine Mutter im selben Moment ausrufen und blieb abrupt stehen, weil ihm eine Szene einfiel.

Neulich war er wieder mal unten am Rhein gewesen und hatte zum gegenüberliegenden Ufer gestarrt. Es war strengstens verboten, dort hinüber zu schwimmen; viel zu gefährlich, angesichts des regen Schiffsverkehrs und der starken Strömung. Dennoch hatte er, seit er hier war, ab und an Menschen dabei beobachtet, die es trotzdem taten. Die wagemutig und entschlossen ins kalte Wasser sprangen und plötzlich musste er an seine Mutter und Scott denken. Die beiden hatten das bildlich gesprochen auch getan; ihre Vergangenheit und die Angst überwunden und gemeinsam neue Ufer erreicht. Garett fragte sich, ob er dasselbe tun würde, sollte tatsächlich das Wunder geschehen und die Liebe in sein Leben zurückkehren. Damals am Strand hatte er noch keine Antwort darauf gewusst.

Aber jetzt!

Er atmete zehnmal tief durch und schob grimmig entschlossen all die verdammten Zweifel beiseite. Er liebte Constanze und deshalb würde er alles dransetzen, weiter ihr Vertrauen zu erlangen, bis sie hoffentlich eines Tages seine Gefühle erwiderte und ebenfalls ins Wasser sprang. Damit sie gemeinsam zu neuen Ufern aufbrechen konnten.

Garett war in seinem Leben schon in vielen Zoos gewesen, doch ein Okapi hatte er erstmals hier in Köln gesehen. Wie bei seinen vergangenen Besuchen saß er auch an diesem Samstag lange Zeit auf einer Bank vor dem Gehege und beobachtete das Tier, das unter den

Bäumen äste, fasziniert. Es war ein außergewöhnliches, geheimnisvolles und scheues Geschöpf, mit sanft schimmernden dunklen Augen.

Genau wie Constanze.

Ob ihr der Vergleich wohl gefallen würde?

Garett lächelte sehnsüchtig. Seit dem Gespräch gestern in ihrem Büro hatte er sie leider noch nicht wiedergesehen. Andererseits war das vielleicht ganz gut, denn er war noch dabei, die Ereignisse der vergangenen Tage zu verarbeiten. Alles, einfach alles hatte sich verändert, beruflich und privat. Deshalb war er auch in den Zoo gefahren. Er benötigte dringend eine Auszeit. Was nun Constanze betraf, war ihm eines bereits klargeworden: Er durfte nichts überstürzen, sondern musste geduldig und unaufdringlich darauf hinarbeiten, dass sie sich ihm gegenüber weiter öffnete. Je mehr er über sie erfuhr, desto gezielter konnte er weitere Schritte planen.

Er stand auf und schlenderte nach einem letzten Blick auf das Okapi weiter zur Aussichtsplattform am Elefantenpark, einem seiner Lieblingsplätze. Zwei Elefantenbabys versuchten soeben tollpatschig über einen Baumstamm zu steigen. Amüsiert beobachtete Garett die beiden.

„Hallo Ami."

Garett zuckte heftig zusammen, denn kein anderer als Chris Vogel höchstpersönlich stand plötzlich neben ihm. Der Bruder von Constanze trug einen dunkelgrünen Arbeitsoverall und seine Füße steckten in verschmutzten Gummistiefeln. Offensichtlich arbeitete er hier im Zoo. *Zum Glück bin ich ihm bisher nie begegnet,* dachte Garett bissig und fragte sich beunruhigt, weshalb der brüderliche Bodyguard ihn angesprochen hatte. Wollte er etwa die Prügel nachholen, die ihm seine Schwester damals verwehrt hatte? Mit einem argwöhnischen Blick auf dessen kräftige Hände, entgegnete er knapp angebunden: „Hallo."

Chris kniff daraufhin die Augen zusammen und grinste, jedoch keineswegs aggressiv, sondern beinahe freundlich. „Hab gehört, du und Constanze versteht euch mittlerweile ganz gut", sagte er in lässigem Tonfall. „Danke, dass du dich am vergangenen Mittwoch um sie gekümmert hast."

Heaven!

Einen Moment lang dachte Garett, er hätte sich verhört. Wie vom Blitz getroffen starrte er Chris sprachlos an, dann brandete in seinem Innern erregte Freude auf. Constanze hatte die positive Entwicklung zwischen ihnen ihrer Familie also auch weitergegeben, so wie er seiner Mum. Das hieß, sie sprach regelmäßig von ihm! Welch ein ermutigendes Zeichen.

„Das war selbstverständlich für mich", erwiderte er so ruhig wie möglich. *Und ich würde gerne noch viel mehr für sie tun.*

„Ja, das sagte sie." Chris musterte ihn aufmerksam. „Ich hab's anfangs nicht geglaubt, aber du scheinst tatsächlich ein anständiger Kerl zu sein. Ganz anders als Kilian." Ein diabolisches Funkeln erschien nun in seinen dunklen Augen. „Ich hoffe, sein neuer Job in Frankfurt endet in einem Fiasko für den Dreckskerl."

Ich auch.

„Was hat er deiner Schwester angetan?" Die seit Wochen drängende Frage kam über seine Lippen, ehe Garett sie aufhalten konnte. *Damned, Parker!* Er hatte kein Recht, hinter ihrem Rücken danach zu fragen. Was würde Chris jetzt von ihm denken?

Doch der wirkte durchaus nicht verärgert, eher verdutzt. „Hat sie es dir denn nicht gesagt?", fragte er mit erstauntem Blick. „Seltsam, ich hatte den Eindruck..." Er brach ab und schaute hinunter zu den Elefantenbabys. Sein Gesichtsausdruck zeigte deutlich, dass er mit sich kämpfte, ob er weiterreden sollte. Garett wartete angespannt, machte sich jedoch nicht viel Hoffnung. Schließlich war er ein Fremder für Chris. „Ich hab grad Pause", sagte dieser nach einer Weile und sah ihn wieder an. „Trinkst du einen Kaffee mit mir?"

Die Einladung verblüffte ihn dermaßen, dass Garett bloß stumm nicken konnte. Gleichzeitig erhöhte sich sein Herzschlag, denn er kapierte sofort, dass Chris bloß Zeit gewinnen wollte. Der Bruder von Constanze war bereit zu reden, überlegte aber noch, wieviel er preisgeben sollte. Was würde er gleich zu hören bekommen?

„Ich war übrigens erstaunt, dich hier zu sehen."

Chris hatte an einem nahe gelegenen Stand zwei große Becher Kaffee gekauft und drückte Garett nun einen davon in die Hand. „Ein Mann allein im Zoo ist selten." Er nickte beifällig, als Garett ihm mitteilte, dass er schon als kleiner Junge verrückt nach Zoobesuchen gewesen sei. „Kann ich nachvollziehen, ging mir auch so. Deshalb bin ich ja Tierpfleger geworden. Ich leite das Menschenaffen-Haus."

„Cool."

Garett grinste bewundernd und auch ein bisschen neidisch. Er liebte seinen Job, aber mit Gorillas, Schimpansen und Bonobos täglich auf Tuchfühlung gehen zu können war gewiss aufregender als Programme für Chemieanlagen zu entwickeln. Noch spannender war allerdings die Frage, wann Chris endlich weiter über Constanze reden würde. Doch der ließ sich Zeit. Er trank gemütlich seinen Kaffee und beobachtete die Menschen, die an der Aussichtsplattform vorbeiliefen. Garett tat dasselbe, aber innerlich vibrierte er vor Ungeduld. *Nun rede schon!*

Als hätte er seine stumme Bitte gehört, wandte Chris sich ihm plötzlich zu. „Das mit deiner Frau tut mir leid", sagte er mit ernster Stimme. „Constanze erwähnte euer Gespräch und ich hatte das so verstanden, dass sie dabei ihre Geschichte ebenfalls erzählt hat."

„Nein." Garett schüttelte den Kopf. „Sie hat mir bloß gesagt, dass Kilian sie feige im Stich gelassen hat."

„Das hat er allerdings", grollte Chris wie ein gereizter Gorilla und seine Miene verfinsterte sich. „In einer Situation, in der keine Frau der Welt allein gelassen werden sollte. Hinterher war sie monatelang völlig am Boden zerstört." Er seufzte tief und sah Garett eindringlich an. „Hör zu, mehr verrate ich nicht, das steht mir nicht zu, aber geh mal davon aus, dass Constanze dir eines Tages selbst alles erzählt. Sie kann dich ganz gut leiden, glaube ich." Chris warf seinen leeren Kaffeebecher in den Mülleimer. „Zumindest bist du der erste Mann seit Kilian, über den sie positiv spricht und das nach eurem kolossalen Fehlstart." Er grinste schief und boxte Garett leicht gegen die linke Schulter. „Darauf kannst du dir echt was einbilden, Ami."

„Das tue ich nicht", entgegnete Garett ernst. „Ich freue mich darüber." Und wie er das tat!

„Was wiederum für dich spricht." Chris lächelte; in seinen Augen lag nun unverhüllter Respekt. „So, ich muss jetzt weitermachen", sagte er dann forsch. „Viel Spaß noch." Er zwinkerte ihm zu und marschierte mit ausladenden Schritten davon.

Nachdenklich und aufgewühlt blickte Garett ihm hinterher. Wer hätte das gedacht? Ausgerechnet der brüderliche Bodyguard und er hatten etwas gemeinsam. Zwei Zoo-vernarrte Männer, die darüber hinaus beide Constanze liebten. Auf unterschiedliche Weise zwar, doch eines einte sie: Trotz seiner Enttäuschung, nicht die ganze Geschichte erfahren zu haben, verstand Garett nur zu gut, weshalb ihr Bruder sich dagegen entschieden hatte. Chris schützte seine Schwester. Er an dessen Stelle hätte genauso gehandelt.

Eine Situation, in der keine Frau der Welt allein gelassen werden sollte.

Garett schluckte heftig, als er an diesen Satz dachte. Das klang übel, richtig übel und noch konnte er nur spekulieren, was er bedeutete. Vielleicht eine schwere Krankheit, mit der Rooster nicht umgehen konnte? Das würde erklären, weshalb Constanze so erschüttert auf seine eigene Hilfe reagiert hatte. Oder ein Unfall. Hatte der feige Womanizer sie womöglich einfach schwer verletzt zurückgelassen?

Hör auf damit, Parker!

Damned, er durfte sich nicht mit solchen Mutmaßungen quälen. Damit machte er sich bloß verrückt. Eines Tages würde Constanze reden, das glaubte sogar ihr Bruder und bis dahin gab es nur eines, was er tun konnte, so schwer es ihm auch fiel: Abwarten.

Kapitel 11

Am Sonntag saß Garett ab halb elf auf seiner Terrasse. Heute war offiziell Herbstbeginn, doch es herrschte dasselbe milde Spätsommerwetter wie in den vergangenen Tagen. Er hoffte deshalb inständig, dass Constanze auch bald herauskam. Sie entspannte sich am Wochenende ebenfalls gern auf ihrer Terrasse. Meistens las sie, während er am Laptop saß, ab und zu eine Deutschlektion wiederholte oder einfach bloß die Seele baumeln ließ. Nur selten redeten sie miteinander; in stillem Einvernehmen, dass sie beide ihre Ruhe wollten. Bislang war das auch völlig okay für ihn gewesen. Weil sie ja bloß seine Nachbarin war. Jetzt allerdings nicht mehr und deshalb würde er jede Gelegenheit nutzen, um mehr über sie herauszufinden.

Zwei Stunden später hatte er schon fast die Hoffnung aufgegeben, da öffnete sich ihre Terrassentüre und sein Herz begann aufgeregt zu pochen. *Lass dir bloß nichts anmerken, Parker.*

„Hallo Constanze", begrüßte er sie lächelnd und hörte erleichtert, dass seine Stimme ganz normal klang.

„Hi." Sie lächelte kurz zurück, setzte sich in einen ihrer Korbstühle und vertiefte sich sofort in ein Buch. Verstohlen betrachtete Garett sie über den Rand seines Laptops hinweg. Sie trug ein pinkfarbenes T-Shirt und weiße Shorts und sah einfach umwerfend aus. Er konnte kaum glauben, wie lange er sich eingeredet hatte, sie sei nicht sein Typ, bloß wegen ihren dunklen Haaren. Als ob die Farbe eine Rolle spielte, wenn sie so herrlich glänzten, wie die von Constanze, die eine Strähne zwischen ihren Fingern zwirbelte. Das tat sie immer wenn sie las und es wirkte entzückend verspielt. Er hatte das natürlich schon öfter gesehen, aber nun entlockte es ihm ein zärtliches Schmunzeln, das er hastig unterdrückte. Anstatt sie heimlich anzuhimmeln, sollte er lieber überlegen, wie er ins Gespräch mit ihr kommen könnte. Über das Buch vielleicht? Er selbst war kein großer Leser, sehr zum Leidwesen seiner Mutter, die unter anderem Literatur unterrichtete. Aber Constanze war zweifellos eine Leseratte, daher bot sich seiner Meinung nach das Thema zum Einstieg an und so fragte er munter:

„Was liest du da, Constanze?"

„Einen Psychothriller", erklärte sie langsam, ohne ihn anzusehen.

„Klingt spannend."

„Hm." Mehr kam nicht. Es war offensichtlich, dass sie nicht gestört werden wollte. Das Buch war eindeutig interessanter als er.

Ernüchtert wandte sich Garett wieder seinem Laptop zu und rief eine amerikanische Nachrichtenseite auf. Ans Aufgeben dachte er freilich nicht. Er brauchte bloß eine gute Idee. Leider schien sein Gehirn im Urlaub zu sein oder vielleicht war es einfach nur vernebelt von seinen Gefühlen, jedenfalls fiel ihm absolut nichts ein.

Nach etwa einer Weile stand Constanze auf und ging in ihr Appartement. Da sie sich jedoch nicht verabschiedete, ging er davon aus, dass sie wiederkommen würde und dann fiel ihm zum Glück endlich doch etwas ein. Chris, ja klar!

„Möchtest du auch einen Schokopudding?"

Constanze war mit zwei Glasschälchen wiedergekehrt und sah ihn fragend an.

Heaven!

Garett stockte der Atem und sein Herz schlug einen überraschten Salto. Es war nicht bloß das erste Mal, dass sie ihm etwas anbot, sondern wie schon beim Whisky traf sie exakt seinen Geschmack. Ob Pudding, Kuchen, Eis oder Kekse, er liebte alles mit Schokolade. Davon abgesehen, war das die Chance, auf die er gewartet hatte.

„Ja, gern." Er erhob sich und schlenderte zu ihr hinüber. „Das ist sehr nett von dir", sagte er mit einem freudigen Lächeln. Ein Stromschlag durchzuckte durch seine linke Hand, als er das Schälchen entgegennahm und ihre Finger sich dabei einen Sekundenbruchteil berührten. Constanze hingegen schien nichts gespürt zu haben.

„Nichts zu danken", meinte sie forsch, setzte sich wieder in ihren Korbstuhl und griff nach dem Buch. Offensichtlich erwartete sie, dass der „nette Mann" von nebenan auf seine eigene Terrasse zurückkehrte und sie in Ruhe ließ. Garett schluckte enttäuscht, doch dann gab er sich entschlossen einen Ruck.

Let's go, Parker!

„Weißt du schon, dass ich gestern deinem Bruder begegnet bin?" Constanze ließ ihren Löffel sinken und schaute erstaunt auf. „Nein, welchem denn?"

„Dem Hüter der Affen." Die scherzhafte Bezeichnung fiel ihm spontan ein, anscheinend funktionierte sein Gehirn wieder und der Effekt war fabelhaft. Constanze lachte hell auf. „Den Ausdruck muss ich mir merken!", rief sie belustigt, doch gleich darauf verzog sie etwas besorgt das Gesicht. „Ich hoffe, er war anständig zu dir." Sie machte sich Sorgen um ihn? Das gefiel ihm, das gefiel ihm sogar sehr! „Nun, wie du siehst, bin ich unverletzt", erwiderte Garett mit absichtlich gedehnter Stimme. Als sie daraufhin erheitert kicherte, grinste er und ergänzte wahrheitsgemäß: „Nein, ernsthaft, wir haben uns gut unterhalten."

„Sein Glück", sagte Constanze energisch. „Ich hab ihm nämlich erzählt, dass du dich als netter Mann entpuppt hast." Sie sah ihn einige Sekunden lang aufmerksam an und dann hinunter auf ihr Buch. „Worüber habt ihr denn geredet?" Es klang unbekümmert, doch davon ließ er sich nicht täuschen. Sie argwöhnte etwas, sonst hätte sie nicht beiseite gesehen. *Keinen Ton, Parker!* Chris würde ebenfalls die Klappe halten, davon war Garett überzeugt. „Über den Zoo natürlich, was sonst", antwortete er leichthin und verriet ihr, dass Chris und er diese Leidenschaft teilten. „Auch ich war schon als Kind verrückt danach."

„Du? Das hätte ich nicht gedacht." Constanze sah ihn wieder an und er atmete heimlich auf. Nicht die Spur von Argwohn in den dunklen Augen, nur verblüfftes Interesse.

„Doch." Garett grinste lässig und erzählte, dass er seine Mutter früher des Öfteren in den Wahnsinn getrieben hatte mit seiner Ausdauer. „Sie musste manchmal eine Stunde warten, bis ich endlich bereit war, zum nächsten Gehege weiterzugehen." Auch von Rebeccas Missmut berichtete er, denn es schadete gewiss nicht, wenn Constanze erfuhr, dass seine verstorbene Frau kein fehlerloser Engel gewesen war. „Eine alberne Marotte für einen erwachsenen Mann, so nannte sie es. Sie war jedes Mal sauer, wenn ich ging."

„Was?" Constanze zog die Augenbrauen zusammen. „Wie konnte sie nur?", fragte sie entrüstet und schüttelte verständnislos den Kopf. „Das hat dich doch bestimmt verletzt."

Wie sensibel sie ist, dachte Garett bewegt. „Ja, es hat mir wehgetan", gab er offen zu. Becky hatte dieses für ihn so wichtige Hobby stets abgelehnt und damit auch einen Teil seiner selbst. „Aber in jeder Ehe gibt es Streitpunkte und ich habe sie trotzdem sehr geliebt."

„Das merkt man." Constanze betrachtete ihn mitfühlend. „Du trauerst noch sehr um sie, nicht wahr?"

Garett war klar, weshalb sie diesen Eindruck haben musste. Seine „Beichte" am Donnerstag war ja sehr emotional ausgefallen. Doch es entsprach nicht der Realität und das musste er schleunigst klarstellen. Flink schob er zwei Löffel Pudding in den Mund, um Zeit zu gewinnen. Es war enorm wichtig, dass er die richtigen Worte fand. Falls das Wunder geschah und Constanze irgendwann für ihn tiefere Gefühle entwickelte, musste sie wissen, dass sein Herz frei war von der Vergangenheit. „Nein, das tue ich nicht", beantwortete er ihre Frage deshalb mit fester Stimme und blickte sie eindringlich an. „Sicher, es gibt Situationen oder Tage, da vermisse ich sie und dann schmerzt es wieder. Ich werde sie auch niemals vergessen, aber ich habe sie losgelassen und kann ehrlich sagen, dass mein Leben schön ist." Er lächelte, als ihre dunklen Augen sich erstaunt weiteten und entschied, das ernste Thema humorvoll zu beenden. „Sieh mal, ich bin gesund, habe einen echt tollen Job und ich weiß seit gestern, dass der Hüter der Affen mich nicht mehr verprügeln will."

„Ach, Garett."

Constanze, die ihm bislang sichtlich ergriffen zugehört hatte, lachte amüsiert und jäh überfiel ihn der Wunsch, ihr zu sagen, dass vor allem sie dazu beitrug, dass er sein Leben als schön empfand. Er musste es bloß harmlos verpacken.

„Und weißt du, was noch toll ist, Constanze?"

„Nein." Sie schaute ihn mit einem fragenden Lächeln an.

Garett nahm einen weiteren Löffel Pudding und zwang sich zu einem locker heiteren Tonfall. „Meine neue Nachbarin ist viel netter, als ich anfangs dachte. Sie rettet mich vor Hagel, teilt ihren Schokopudding mit mir und lacht sogar über meine Witze." Er grinste breit, weil Constanze eben dies jetzt tat, legte eine Hand ans Herz und sagte theatralisch: „Bin ich ein Glückpilz!"

Und wie glücklich wäre er erst, wenn er dieser bezaubernden Frau, die mit vergnügt funkelnden Augen zu ihm aufsah, sagen könnte, was er wirklich für sie empfand. Heaven, er sehnte sich danach, sie zu küssen. Um sich nicht zu verraten, blickte Garett schleunigst in sein fast leeres Glasschälchen und dachte fieberhaft darüber nach, worüber er als nächstes mit ihr reden könnte.

Just in diesem Moment klingelte ihr Smartphone.

„Sorry, Garett." Constanze griff danach und meldete sich fröhlich. „Hi, was gibt's?"

Da er nicht wie ein neugieriger Lauscher wirken wollte, ging Garett einige Schritte hinaus auf den Rasen und war gleich darauf heilfroh, dass er das getan hatte. „Ja gern, natürlich komme ich!", rief Constanze hinter seinem Rücken aus und er hörte, dass sie aufstand. „Ich fahr direkt los. Soll ich was mitbringen?"

Damned!

Sein Herz zog sich enttäuscht zusammen und der letzte Rest Pudding, den er gerade in den Mund schob, schmeckte bitter. Von wegen Glückspilz. Wer immer der Anrufer war, er oder sie sorgte dafür, dass das Gespräch zwischen ihm und Constanze zu Ende war.

„Okay, mach ich." Sie lachte heiter. „Bis gleich, Clemens!" Es folgten zwei Sekunden Stille, dann sagte sie: „Tut mir leid, unser nettes Gespräch abbrechen zu müssen, Garett, aber mein Bruder und seine Freundin haben mich zum Grillen eingeladen."

Garett schluckte erregt, denn ihr bedauernd klingender Tonfall belegte, dass es ihr wirklich leidtat. Sie hätte also gern weiter mit ihm geredet? Das war ermutigend und löschte seine Enttäuschung unverzüglich. Außerdem hatte er ja immerhin drei Dinge herausgefunden: Sie las Psychothriller, aß wie er gerne Schokopudding und einer ihrer anderen beiden Brüder hieß Clemens und hatte eine Freundin. Das kurze Gespräch hatte sich somit durchaus gelohnt.

„It's okay, Constanze." Er drehte sich um und ging mit ruhiger Miene auf sie zu. „Ich wünsche dir viel Spaß und danke noch mal für den Pudding, er war sehr lecker." „Gern geschehen", entgegnete sie leise und nahm ihm das Glasschälchen ab. Dieses Mal berührten sich ihre Finger nicht, doch ihr sanftes Lächeln entschädigte ihn dafür. „Wir sehen uns morgen früh."

Nachdem sie weg war, setzte Garett sich an seinen Laptop, denn ihm war eine Idee gekommen. Um zukünftig nicht erst lange überlegen zu müssen, worüber er mit Constanze reden konnte, erstellte er eine lange Liste mit Fragen und Themen. Zufrieden mit sich, las er sie zum Schluss noch einmal durch. Jetzt hatte er genügend Stoff für Dutzende von Gesprächen!

Er klickte auf speichern und gab „Liste CV" als Dateinamen ein, doch dann hielt er stirnrunzelnd inne. Nein, das klang viel zu nüchtern; als sei Constanze bloß ein Arbeitsprojekt und nicht die Frau, deren Herz er erobern wollte. Sehnsüchtig blickte Garett hinüber zu ihrem verwaisten Korbstuhl und suchte nach einem passenderen Begriff. Einem, der ihrem Wesen entsprach. Die Antwort lag auf der Hand. Er lachte zärtlich und sagte es laut, während er das Wort eintippte: „Okapi."

Garett verteilte das Aftershave auf Kinn und Wangen und betrachtete sich dabei zufrieden. Verliebt zu sein, tat ihm sichtlich gut. Die Furchen um seinen Mund waren beileibe nicht mehr so tief und seine Augen leuchteten lebensfroh. Sogar die grauen Schläfen störten ihn auf einmal nicht mehr. Im Gegenteil, sein Gesicht wirkte markant dadurch. Wieso war ihm das bisher nie aufgefallen?

Er verließ das Bad, zog rasch Schuhe und Jacke an und griff nach dem Schlüssel. Sein Herz klopfte freudig, als er aus dem Haus trat. Constanze, die wie meist schon im Auto saß, begrüßte ihn fröhlich und fuhr los. „Bäcker?"

„Nein, danke." Er hatte gefrühstückt, für seine Verhältnisse sogar extrem viel. Zwei Brote, eine Banane und fast eine halbe Schachtel Schokokekse. Was Constanze wohl zum Frühstück aß? Vielleicht würde er es ja bald wissen. Weil sie gemeinsam frühstückten.

Bleib realistisch, Parker.

Diese Wunschvorstellung war vorerst noch weiter entfernt als Köln von Seattle. Er sollte lieber die wenigen Minuten der Fahrt ausnutzen. Hoffentlich war Constanze bereit, zu reden. „Wie war euer Grillfest?", fragte er mit ruhiger Stimme, die nichts davon verriet, wie gespannt er war.

„Lustig!" Sie lachte heiter. „Clemens und Marie hatten einige Freunde eingeladen und später kamen noch Cornelius und Chris mit ihren Frauen dazu. Ich habe viel zu viel gegessen und war erst um halb zehn zuhause."

Yes!

Garett drehte hastig den Kopf zum Seitenfenster und gönnte sich ein kurzes frohlockendes Grinsen. Ihre ausführliche Antwort freute ihn unbändig und sie lieferte ihm weitere Informationen. Den Namen von Clemens Freundin und zweifelsohne den des dritten Bruders. Cornelius, er war verheiratet, ebenso wie Chris.

„Klingt nach einem tollen Tag", sagte Garett locker und schob ermutigt direkt eine weitere Frage hinterher. „Leben deine Brüder auch hier in Köln?"

„Nur Chris, die anderen beiden wohnen in Leverkusen, genau wie meine Eltern." Constanze blinkte und bog ins Industriegebiet ab. „Ich komme von da, musst du wissen." Das tat er zwar bereits, aber es gefiel ihm, wie bereitwillig sie ihm das erzählte. „Was ist mit dir, hast du auch Geschwister?", fragte sie jetzt und warf ihm dabei einen unverkennbar neugierigen Blick zu. Sie wollte etwas über *ihn* erfahren! Das war großartig, doch leider blieb ihm kaum mehr Zeit, denn sie waren fast am Autohaus angekommen. „Nein, ich bin Einzelkind", erklärte er hastig. „Meine Eltern haben sich getrennt, als ich sechs Jahre alt war. Aber ich hatte immer viele Freunde in der Schule."

„Das glaube ich."

Constanze parkte mit konzentrierter Miene rückwärts ein und lächelte ihn dann herzlich an. „Du warst sicher ein beliebter Junge." Sie stieg aus und Garett beeilte sich, es ihr gleichzutun. „Tschüss Garett."

„Bye Constanze", entgegnete er heiser und ging rasch davon, bevor sie das beglückte Lächeln bemerkte, das ihre Worte auf sein Gesicht getrieben hatten. Es stimmte, was sie gesagt hatte. Obwohl er keiner dieser supersportlichen Sonnyboys gewesen war, denen die Cheerleader in Scharen kreischend hinterher liefen, hatte er unter seinen Schulkameraden einen sehr guten Ruf genossen. Er war zwar zurückhaltend, aber stets freundlich und hilfsbereit, dank der Erziehung seiner Mum, und hinzu kam noch, dass er in Mathematik ein absolutes Ass war. Wie oft hatte er morgens im Schulbus noch rasch die Hausaufgaben von verzweifelten Mitschülern kontrolliert und verbessert. Allein das sicherte ihm während seiner gesamten Schulzeit einen Rang ganz weit oben auf der Beliebtheitsskala. Constanze konnte das alles jedoch nicht wissen, woher auch? Trotzdem hatte sie es völlig selbstverständlich angenommen, als gäbe es für sie keinerlei Zweifel daran. Welch ein Beweis, wie positiv sie über ihn dachte!

Mit beschwingten Schritten betrat Garett die Firma. Egal, wie viel Arbeit hier heute auf ihn wartete und trotz der prekären Lage, in der Blackwood Germany sich momentan befand: Besser hätte der Tag nicht beginnen können.

Nur eine Viertelstunde später stellte sich heraus, dass er sogar noch besser wurde.

„Guten Morgen zusammen."

Hans-Gerd begrüßte die versammelte Belegschaft mit einem breiten Lächeln. „Die Erzählrunde fällt heute ausnahmsweise weg, denn ich habe eine tolle Neuigkeit für euch." Er beugte sich vor und sagte mit glitzernden Augen: „Wir haben einen Nachfolger für Kilian; genauer gesagt, eine Nachfolgerin: Claudia." Er hatte sie am Samstag angerufen und gefragt, ob sie sich vorstellen könne, Teamleiterin zu werden. Sie sei qualifiziert genug dafür und als alleinerziehende Mutter von drei Söhnen sozusagen gestählt darin, ein Männerteam zu leiten. Er persönlich traue es ihr jedenfalls zu und es wäre die beste Lösung für die Firma. „Zu meiner größten Freude hat sie sofort zugesagt."

Der Geschäftsführer lehnte sich verschmitzt lächelnd zurück und genoss sichtlich die Wirkung, die seine Worte auslösten. Perplexe Stille waberte durch den Raum, mindestens eine Minute lang. Sämtliche Mitarbeiter starrten abwechselnd von ihm zu Claudia, die verlegen und stolz zugleich lächelte. Dann begann einer der Männer aus ihrem Team zu klatschen und seine Kollegen fielen sofort mit ein. Lächelnd und, das war bemerkenswert, ohne den leisesten Hauch von Neid in den Gesichtern.

„Ich danke euch", sagte Claudia; ihre rauchig tiefe Stimme klang belegt. „Vor allem dir, Hans-Gerd für dein Vertrauen in mich."

Auch Garett und sein Team klatschten jetzt begeistert mit. *Was für eine Genugtuung das für sie sein muss*, dachte er mit grimmiger Freude. Rooster hatte die hochgewachsene Claudia oft ruppig behandelt. Vermutlich, weil er sauer war, die selbstbewusste Mittvierzigerin mit seinem Womanizer-Getue nicht beeindrucken zu können. Und nun hatte ausgerechnet sie seinen Job übernommen.

Entsprechend motiviert war sie und schon in den ersten Tagen wurde deutlich, dass Hans-Gerd zu Recht sein Vertrauen in sie gesetzt hatte. Claudia agierte souverän; sie führte ihr Team mit „charmanter Dominanz", wie der Geschäftsführer es ausdrückte und bewahrte selbst in schwierigen Situationen einen kühlen Kopf. „Sie ist echt beeindruckend", meinte Garett am Mittwoch zu seinem Boss. „Das war ein genialer Schachzug von dir." „Ich weiß", entgegnete Hans-Gerd grinsend. „Hat irgendwer Kilian noch mal erwähnt?" „Nein." Garett grinste ebenfalls. So groß der anfängliche Schock über dessen Kündigung auch gewesen war, keiner in der Firma sprach darüber oder schien Rooster zu vermissen. Beide Teams konzentrierten sich auf die Arbeit und liefen zu Höchstleistungen auf. Gemeinsam mit Garett, der die Zusammenarbeit mit ihr sehr genoss, berichtete Claudia am Donnerstagnachmittag dem hoch erfreuten Hans-Gerd, dass sie bei den zwei dringlichsten Aufträgen wieder im Zeitplan lagen. „Das müssen wir feiern", meinte er und lud die Belegschaft spontan für Freitagabend ein.

Trotz des kurzfristig anberaumten Termins waren sämtliche Mitarbeiter anwesend. Ein sichtbares Zeugnis dafür, dass Kilians feiger Abgang die Einheit in der Firma nicht geschwächt, sondern noch verstärkt hatte.

„Einen Toast." Hans-Gerd hob sein Glas. „Auf Claudia!"

„Auf Claudia!", ertönte es vielstimmig.

„Aber nicht nur sie, ihr alle habt großartige Arbeit geleistet." Der Geschäftsführer schaute in die Runde, seine blauen Augen blitzten. „Ich bin stolz auf euch!"

Sie saßen lange beieinander.

Erst kurz vor Eins kam Garett zu Hause an, müde und aufgeputscht zugleich. Obwohl er nicht viel getrunken hatte, fühlte er sich berauscht. Er zog die Schuhe aus und warf sich mit einem glücklichen Lächeln aufs Bett. Heaven, was für eine grandiose Woche!

Nicht bloß beruflich lief alles hervorragend. Auch für ihn privat. Seine Hoffnung, dass Constanze irgendwann seine Gefühle erwiderte, war rapide angestiegen, denn sie öffnete sich ihm gegenüber in einem Tempo, das er nicht für möglich gehalten hätte. Ohne zu zögern beantwortete sie jede seiner vorsichtig dosierten Fragen und erzählte darüber hinaus sogar das ein oder andere freiwillig.

So wusste Garett inzwischen, wieso sie in ihrer alten Firma gekündigt hatte. „Mein Chef war ein unerträglicher Zyniker." Im Autohaus hingegen fühlte sie sich sehr wohl. Ursprünglich hatte sie nicht vorgehabt, wegen des Jobs umzuziehen, sich es dann jedoch anders überlegt. „Zwischen Leverkusen und Köln herrscht ständig Stau, das wollte ich mir nicht antun." Welch ein Glück für ihn!

Ferner hatte er erfahren, dass Constanze neben Psychothrillern gerne Biographien und Gedichte las und mit ihrer besten Freundin, die Anke hieß, öfters Lesungen besuchte, weil sie beide es toll fanden, Autoren live zu erleben. Das konnte er zwar nicht nachvollziehen. Trotzdem hatte Garett scheinbar beindruckt genickt und sich den Namen Anke gemerkt. Die beste Freundin war enorm wichtig für eine Frau, das wusste er noch von Becky.

Am Donnerstag hatte Constanze verschlafen, demzufolge nicht gefrühstückt und begleitete ihn deshalb erstmals in die Bäckerei. So fand er heraus, dass sie Mohnbrötchen liebte. Genau wie er, wenn das kein gutes Omen war! Außerdem hatte er weitere Informationen über die brüderlichen Bodyguards erhalten. Chris, eigentlich Christian, aber der Hüter der Affen wollte nicht so genannt werden, war mit 36 der Älteste; gefolgt vom zwei Jahre jüngeren Cornelius, der Banker war. Der einunddreißigjährige Clemens war ihr Lieblingsbruder. Er arbeitete in der Verwaltung einer Leverkusener Klinik.

Das Allerbeste in den vergangenen Tagen war jedoch gewesen, dass Constanze ihrerseits auch weitere Fragen gestellt hatte. Unter anderem, ob Seattle seine Heimatstadt sei. „Nein, ich komme ursprünglich aus Portland, das liegt in Oregon." Garett nutzte die Gelegenheit, ihr ein bisschen über seine Kindheit und von seiner Mutter zu erzählen. Wo er studiert habe, wollte sie auch wissen. „In Orlando, Florida." Nach kurzem Zögern fügte er hinzu, dass er dort an der Uni Rebecca kennen gelernt hatte. „Sie stammte aus einer alteingesessenen Familie in Orlando und studierte amerikanische Geschichte." Was er nicht erwähnte, war, dass deren Eltern ihn von Beginn an strikt abgelehnt hatten. Einzig deshalb, weil er aus dem Norden kam. Südstaaten-Arroganz; die starb wohl niemals aus. Um das einer Europäerin zu erklären, bedurfte es jedoch mehr Zeit, als nur ein paar Minuten im Auto. Das war sowieso das größte Problem. Die Fahrt war immer so verdammt kurz! Nichtsdestotrotz war klar ersichtlich, dass Constanze ein tieferes Interesse für ihn zu entwickeln begann und das war außerordentlich beglückend.

Aus diesem Grund beschloss Garett nun, endlich seine Mutter einzuweihen. Wie sie wohl reagierte, wenn sie erfuhr, wer sein Herz erobert hatte?

„Darling, wie schön, dich zu sehen!"

Sheila Parker lächelte liebevoll in die Kamera. „Wie geht es dir?"

„Hervorragend." Garett grinste etwas verlegen und stieß mit belegter Stimme aus: „Ich habe mich verliebt, Mum."

Mit allem hatte er gerechnet; ein freudiger Aufschrei oder verblüfftes Schweigen, aber auf keinen Fall damit, dass sie sich abrupt von der Kamera abwandte. „Scott, hey Scott, ich habe die Wette gewonnen!", rief sie über ihre Schulter hinweg. „Garett hat sich in seine Nachbarin verliebt!" Dann drehte sie sich wieder zu ihm und grinste spitzbübisch. „50 Dollar für mich."

Heaven!

Hätte sie sich in ein Alien verwandelt, wäre er nicht verblüffter gewesen als jetzt. „Woher, ähm, weißt du, dass es Constanze ist?" stammelte Garett fassungslos. „Weil ich Augen im Kopf habe, mein Sohn", entgegnete sie trocken. „Du hättest dein Gesicht sehen sollen, als du vergangene Woche über sie gesprochen hast."

Garett öffnete den Mund und schloss ihn wieder. Deshalb ihr seltsamer Blick! Während er noch blind seinen Gefühlen gegenüber gewesen war, hatte seine Mutter offenbar damals schon geahnt, dass hinter seiner „Nachbarschaftshilfe" mehr steckte.

„So, und nun erzähl." Sie rückte ein wenig zur Seite, um Scott Platz zu machen, der Garett grinsend zuzwinkerte, und blickte gespannt in die Kamera. „Erwidert Constanze deine Gefühle denn?"

„Noch nicht, aber ich glaube, das ändert sich momentan."

Garett hatte seine Überraschung überwunden und berichtete ausführlich, was seit ihrem letzten Telefonat alles geschehen war. Kilians feige Kündigung. Die Szene in Constanzes Büro, als ihm klargeworden war, was er wirklich für sie empfand und seine Begegnung mit Chris. Die Veränderung in der Firma und die beglückende Entwicklung der letzten Tage zwischen ihm und Constanze. All das sprudelte nur so aus ihm heraus. Zum Glück waren seine Mum und Scott geduldige Zuhörer und nicht nur das. Ihre Augen wurden immer größer, mehrfach ertönte ein überraschtes „Wow" und am Ende schauten sie ihn so begeistert an, wie er sich fühlte.

„Na, das klingt doch phantastisch!", rief Scott. „Du solltest jedoch aktiver werden. Lad sie zum Essen ein oder ins Kino. Frauen lieben so etwas."

„Nein." Garett schüttelte entschieden den Kopf. „Für ein offizielles Date ist es zu früh." Da er sie sorgfältig verbarg, ahnte Constanze bislang nichts von seinen Gefühlen und er befürchtete, dass sie ihre Schutzmauer hochzog, wenn er zu rasch vorging. „Sie braucht noch Zeit."

„Das glaube ich auch", sagte seine Mutter mit nachdenklichem Blick. „Aber du könntest etwas anderes tun. Geh doch morgen zu ihr und frag, ob sie dir ein Buch ausleiht."

„Ein Buch?", widerholte Garett baff. „Weshalb sollte ich das tun? Du weißt doch, dass ich nicht gern lese und davon abgesehen reicht mein Deutsch dazu vermutlich nicht aus."

„Warum sind Männer manchmal so schwer von Begriff?"

Sheila Parker sah kurz zu Scott. Der schmunzelte und schwieg, was ziemlich klug war, wie Garett fand angesichts ihrer aufgebrachten Miene. „Okay, dann erklär ich dir das jetzt mal, mein Sohn", sagte sie forsch und funkelte ihn durchdringend an. Ob er alles verstehen würde, was er las, sei absolut irrelevant. „Es geht hier um Wichtigeres." Erstens signalisiere er Constanze mit seinem Anliegen, dass er ihr wohl größtes Hobby anerkannte. Ein Pluspunkt für ihn. Zweitens barg das eine Riesenchance, denn sie würde ihn garantiert hereinbitten, damit er sich ein Buch aussuchen konnte. „Und bist du erst mal in ihrer Wohnung, ergibt sich womöglich ein ausgiebigeres Gespräch." Drittens schade es ihm keineswegs, mal wieder ein Buch in die Hand zu nehmen. „Ob du es glaubst oder nicht, es wird dich nicht beißen."

„Ich weiß."

Garett lachte heiser, völlig hingerissen über ihre Anregung. Nie im Leben wäre ihm das eingefallen, obwohl es so naheliegend war. Mit glänzenden Augen schaute er dankbar in die Kamera.

„Mum, du bist genial."

Kapitel 12

Mit fünfzehn Jahren hatte Garett zum ersten Mal ein Mädchen geküsst. Sie hieß Peggy und war in den Sommerferien einige Wochen lang zu Besuch bei ihrer Tante gewesen, die damals neben ihm und seiner Mutter gewohnt hatte. Anfangs unterhielten Peggy und er sich nur ab und zu, doch nach und nach entwickelte sich zwischen ihnen eine zarte Romanze. Da sie beide unerfahren und zurückhaltend waren, blieb es allerdings lange bei verliebten Blicken und schüchternem Händchen halten. Erst drei Tage, bevor Peggy zurück nach Hause fuhr, sie kam aus Colorado, hatte Garett seinen ganzen Mut zusammengefasst und sie geküsst. Bis heute erinnerte er sich gut daran, wie aufgeregt er damals gewesen war.

Genau wie jetzt.

Garett atmete tief durch, nachdem er auf die Klingel gedrückt hatte und wischte seine feuchten Handflächen an seiner Jeans ab. Es war unglaublich; wie konnte ein erwachsener Mann derart nervös wie ein Teenager sein? Dabei ging es jetzt nicht einmal um einen Kuss. Davon konnte er vorerst nur träumen. Was er vergangene Nacht auch getan hatte, doch daran sollte er nun möglichst nicht denken.

„Hallo, Garett."

Constanze hatte die Türe aufgemacht und lächelte ihn heiter an.

Let's go, Parker.

Sekunden später schickte er ein stummes Dankeschön nach Portland, denn sie bat ihn sofort herein; genau wie seine Mum es prophezeit hatte. Aufgeregt folgte Garett ihr durch den schmalen Flur. Sein ohnehin hoher Puls verdoppelte sich, als sie an der offenen Schlafzimmertüre vorbeikamen und er ihr Bett sah. Vor zehn Tagen hatte er Constanze dort drinnen erstmals umarmt. Aus reinem Mitgefühl, wie er damals geglaubt hatte; blind seinen eigenen Gefühlen gegenüber. Heute war er es nicht mehr und er sehnte sich wahnsinnig danach, sie erneut in die Arme schließen zu können. Allerdings aus einem erfreulicheren Grund und vor allem ohne Pyjama!

Damned, du kannst doch jetzt nicht an Sex denken, dachte Garett entsetzt, aber es war schon zu spät. Vor seinem inneren Auge erschienen jäh erotische Bilder, die eine glühende Hitzewelle durch seinen Körper jagten. Vor allem in einen viel zu lang verwaisten Teil davon. Seine Jeans fühlte sich schlagartig drei Nummern zu klein an. Panik ergriff ihn. *Cool down, Parker. Cool down!*

„Ich wusste gar nicht, dass du auch gerne liest", sagte Constanze, als sie das Wohnzimmer betraten. „Du hast das nie erwähnt." Sie drehte sich um und sah ihn fragend an. „Na ja, um ehrlich zu sein, lese ich nur selten", entgegnete er mit heiserer Stimme und wich ihrem Blick dabei sorgfältig aus. „Aber das Wetter ist zu schlecht, um hinauszugehen und mir war langweilig."

Ersteres zumindest stimmte. Draußen schüttete es aus Kübeln.

„Verstehe." Constanze deutete auf ihr riesiges Bücherregal, neben dem eine große Palme stand. „Dann schau mal in Ruhe durch, ob du was findest. Ich komme gleich wieder, ich muss nur noch mein restliches Geschirr in die Spülmaschine einräumen, okay?"

„Kein Problem", erwiderte Garett knapp. Ganz im Gegenteil, er war heilfroh, dass sie verschwand. Konzentriert atmete er zehnmal tief durch. Das half; die Hitze ebbte ab, sein Puls wurde langsamer und die Jeans kniff nicht mehr ganz so extrem. Garett seufzte erlöst. Er hatte sich wieder in der Gewalt, zum Glück. Wenn Constanze wiederkam, würde er ihr in die Augen sehen können, ohne befürchten zu müssen, dass sie in seinen eigenen „Ich will sofort mit dir ins Bett" las.

Etwas unschlüssig trat er an das Bücherregal und entdeckte, dass sie ihre Lektüre nach Genre aufgeteilt hatte. Das machte es ihm einfacher. Da ihn weder Gedichte noch Biographien interessierten, griff er wahllos nach einem der Thriller und überflog die ersten Seiten.

Wie erwartet, verstand er nicht alles, doch genügend, um zu begreifen, dass es um Wirtschaftsspionage in einer Computerfirma ging. Das klang durchaus interessant.

„Möchtest du vielleicht einen Kaffee oder ein Glas Wasser?", rief Constanze aus der Küche.

Sie bot ihm was zu trinken an?! Elektrisiert hob Garrett den Kopf. Offenbar wollte sie, dass er länger blieb. *Mum, du bist wirklich genial!* Jetzt hieß es nur, kühlen Kopf zu bewahren. Sein Puls kletterte schon wieder beängstigend. „Kaffee klingt gut, danke!", rief er zurück.

„Zucker oder Milch?"

„Nein, ich trinke schwarz."

„Ach, genau wie ich."

Constanze kam herein, stellte die Tassen auf den Couchtisch und setzte sich im Schneidersitz auf ihr dunkelblaues Sofa. Im Gegensatz zu ihm schien sie völlig entspannt. „Ich sehe, du bist fündig geworden", sagte sie lächelnd. „Zeig mal."

Garett reichte ihr den Thriller und nahm ihr gegenüber auf einem der beiden Sessel Platz, obwohl er sich viel lieber neben sie gesetzt hätte. Aber das wäre wohl doch zu aufdringlich. Und zudem brandgefährlich für seine Selbstbeherrschung.

„Na, da hast du dir ja genau das Richtige ausgesucht", meinte Constanze. „Die Story ist unglaublich spannend, obwohl für meinen Geschmack zu viel Fachchinesisch darin vorkommt." Sie legte das Buch auf den Tisch und zwinkerte ihm zu. „Aber für dich ist das ja kein Problem." „Wie bitte?" Garett war verdutzt. „Du glaubst, ich kann chinesisch?" Seine Frage löste aus irgendeinem Grund einen Kicheranfall bei ihr aus. Das verwirrte ihn noch mehr. Was war so komisch? „Entschuldige, ich lache dich nicht aus", stieß sie nach einer Weile hervor und kicherte noch einige Sekunden weiter, ehe sie es schaffte, halbwegs wieder ernst zu werden. „Du hast das bloß missverstanden." Mit glucksender Stimme erläuterte sie ihm, dass

„Fachchinesisch" ein deutscher Begriff für berufsspezifische Fachausdrücke sei. „In diesem Fall eben aus dem IT-Bereich."

„Ach so."

Garett musste nun selber lachen und das löste seine Anspannung beträchtlich. „Eure Sprache ist schrecklich kompliziert", stöhnte er mit einem schrägen Grinsen. „Ich werde sie nie richtig lernen." „Stell dein Licht nicht unter den Scheffel", sagte Constanze weich und beglückte ihn mit diesem sanften Lächeln, nach dem er längst süchtig war. „Du bist erst seit knapp vier Monaten hier. Dafür sprichst du schon hervorragend Deutsch."

„Danke."

Er hatte zwar keine Ahnung, was ein Scheffel war, doch ihr Kompliment freute Garett ungemein. Hastig überlegte er, womit er es erwidern könne. Es musste etwas Harmloses sein, schließlich konnte er ihr schlecht sagen, wie überwältigend attraktiv er sie fand. Das durfte er leider nicht. Noch nicht.

Sein Blick schweifte durch das behaglich eingerichtete Wohnzimmer. Das brachte ihn auf eine Idee. Welche Frau hörte nicht gerne, dass ihr Zuhause schön war? „Dies ist ein sehr hübscher Raum, er gefällt mir", sagte er und verdrängte dabei rigoros jeglichen Gedanken an ihr anderes Zimmer. Jenes, in dem er jetzt viel lieber mit ihr wäre.

„Ach, tatsächlich?" Constanze zog die Augenbrauen hoch. „Das wundert mich aber." „Ähm, wieso?", fragte Garett irritiert zurück. Glaubte sie ihm etwa nicht? „Nun, ich helfe Ihrem Gedächtnis gerne nach, Mr. Parker." Sie lächelte mokant und klopfte mit der rechten Hand an die Wand hinterm Sofa. „Oh, my God, das ist ja eine abscheuliche Farbe, die Sie ausgewählt haben."

Damned!

Garett erstarrte vor Schreck, denn sie hatte nicht nur exakt seinen fiesen Tonfall imitiert, sondern schaute ihn jetzt auch noch bitterböse an. Sie trug es ihm also offenbar doch nach! Das war schlecht, ganz schlecht. Er schluckte schwer und blickte befangen in seine Tasse, da prustete Constanze plötzlich los. „Um Himmels Willen, entspann dich, Garett. Das war nur ein Witz!", rief sie lachend und grinste spitzbübisch, als er wie vom Donner gerührt wieder zu ihr sah. „Ist doch alles längst vergessen, ich wollte dich bloß ein bisschen necken."

Sie war gar nicht böse?

Garett war dermaßen erleichtert und gleichzeitig völlig hingerissen über ihre schelmische Miene, dass er schallend loslachte. „Du, das war echt gemein", keuchte er und fasste sich an die Brust. „Mir blieb fast das Herz stehen." „Ooh, das tut mir leid", erwiderte sie geheuchelt zerknirscht. Ihre wunderschönen Augen funkelten amüsiert. „Kannst du mir verzeihen?"

Ja, aber nur, wenn du mich sofort küsst, hätte er fast geantwortet, beherrschte sich jedoch im letzten Moment. Noch war der Zeitpunkt nicht da, sich zu offenbaren. Aber er rückte näher, eindeutig. Jetzt alberte sie mit ihm schon herum, neckte ihn frech! Begeistert stieg Garett darauf ein. „Ich weiß nicht", erwiderte er gedehnt und taxierte sie mit einem gespielt beleidigten Blick. „Muss ich mir noch überlegen." Gespannt wartete er auf ihre Reaktion, doch genau in diesem Moment klingelte es an ihrer Türe.

„Nanu, wer kann das sein? Ich erwarte niemanden." Constanze schaute überrascht drein und sprang auf. „Moment, bin gleich wieder da." Verdrossen blickte Garett ihr hinterher. Schon wieder störte jemand, während er sich mit ihr unterhielt! Hoffentlich war es nur die Postbotin und keiner ihrer Brüder.

Leider war es noch schlimmer.

„Anke, du?", hörte er Constanze begeistert ausrufen. „Was für eine schöne Überraschung, komm rein!"

Garett knurrte frustriert, denn ihm war sofort klar, dass er gleich gehen musste. Gegen die beste Freundin hatte selbst ein Ehemann kaum eine Chance, geschweige denn der „nette Nachbar von nebenan". Doch dann riss er sich energisch zusammen. Er hatte überhaupt keinen Grund, sich zu beklagen. Das Gespräch mit Constanze war hervorragend gelaufen und immerhin lernte er nun noch eine der wichtigsten Personen in ihrem Leben kennen.

„Garett ist übrigens auch hier", sagte sie draußen im Flur und das in einem Tonfall, als sei es das Selbstverständlichste der Welt, dass er in ihrem Wohnzimmer saß. Wow, das hörte sich gut an! Garett grinste erfreut. Ihre Freundin indes reagierte auf diese Mitteilung mit einem erstaunten Japsen. „Dein Nachbar?" „Ja sicher, wie viele Männer namens Garett kenne ich denn?" Constanze klang völlig unbekümmert und zwinkerte ihm zu, als sie wieder herein kam. Eine stämmige blonde Frau mit einem lustigen Sommersprossengesicht folgte ihr.

„Darf ich euch bekannt machen? Anke Weber – Garett Parker."

„Hallo." Garett erhob sich und reichte Anke mit einem herzlichen Lächeln die Hand. „Constanze hat mir schon von dir erzählt." „Sie mir von dir auch", entgegnete sie freundlich und musterte ihn dabei ebenso interessiert wie er sie. Als Constanze sie fragte, ob sie auch einen Kaffee wolle, schüttelte sie den Kopf und setzte sich auf das Sofa, ohne ihn aus den Augen zu lassen. Garett hielt ihrem Blick gelassen stand. Sie war neugierig, logisch. Was Constanze ihr wohl über ihn erzählt hatte?

„Möchtest du noch einen Kaffee?", wandte diese sich nun an ihn. „Danke, aber ich gehe jetzt wieder rüber", antwortete er ruhig, wohl wissend, dass sie bloß aus reiner Höflichkeit nachgefragt hatte. „Warum denn?" Constanze runzelte erstaunt die Stirn. „Das musst du nicht, bleib doch hier."

Ihre beste Freundin war da und sie wollte trotzdem, dass er blieb? Garett traute seinen Ohren nicht. In all den Jahren mit Rebecca hatte er das nie erlebt. Kurz schwankte er, doch dann beschloss er, dennoch zu gehen. Man sollte das Glück nicht zu sehr herausfordern.

„Ich bin zwar seit vier Jahren Witwer, aber ich habe nicht vergessen, dass ein Mann bloß stört, wenn beste Freundinnen miteinander reden wollen", sagte er mit einem verständnisvollen Augenzwinkern. „Außerdem will ich unbedingt mit dem Buch anfangen", fügte er hinzu. Das war keineswegs gelogen. Je schneller er es durchlas, desto eher konnte er sich ein weiteres ausleihen und falls es dann wieder zu einem Gespräch kommen sollte, würden sie vielleicht endlich mal nicht gestört!

Garett nahm den Roman und grinste Constanze an. „Glaubst du wirklich, ich verstehe das ganze Fachchinesisch?" Das letzte Wort sprach er bewusst langsam und selbstironisch aus.

„Bestimmt." Sie lachte hell auf.

Oh Gott, sie ist umwerfend.

Da erneut der unbändige Wunsch in ihm aufstieg, sie zu küssen, blickte er hastig zu ihrer Freundin. „Es hat mich sehr gefreut, dich kennen zu lernen, Anke", sagte er aufrichtig. „Vielleicht sehen wir uns ja mal wieder." „Ja, das wäre wirklich schön", erwiderte sie mit einem breiten Lächeln. Ganz offensichtlich hatte er sie beeindruckt. Das war gut, sehr gut. Garantiert würde sie, sobald er weg war, mit Constanze über ihn reden. Was wollte er mehr?

Hochgestimmt betrat Garett gleich darauf sein Appartement. Zu schade, dass in Portland jetzt Nacht war. Er hätte seiner Mum gern sofort mitgeteilt, dass die Buch-Aktion ein voller Erfolg gewesen war. Nun, er konnte sie ja später anrufen. Er holte eine Flasche Wasser aus dem Kühlschrank, legte sich gemütlich aufs Bett und schlug das Buch auf.

Da sie wieder im Zeitplan lagen, begann die neue Arbeitswoche bei Blackwood Germany weit weniger hektisch, als die vorherigen. Entsprechend gelöst und locker war die Stimmung in der Firma.

Nur bei einem nicht.

Garett konnte sich kaum konzentrieren. Immer wieder schweiften seine Gedanken zu Constanze. Sie war heute früh während der Fahrt erschreckend distanziert gewesen und das beunruhigte ihn sehr. Er hatte ihr sofort nach dem Einsteigen erzählt, wie toll er den Roman fand, den sie ihm geliehen hatte. Das war sein Ernst, die Story war ungemein fesselnd. Mithilfe des Wörterbuchs hatte er sich bis Sonntagabend bereits bis zur Hälfte durchgekämpft.

„Das freut mich", sagte Constanze knapp, ohne ihn anzusehen. „Bäcker?"

„Ähm, nein." Etwas verunsichert über ihre Reaktion, erkundigte sich Garett betont munter, ob sie am Samstag noch eine schöne Zeit mit Anke verbracht habe.

„Ja."

Mehr kam nicht und ihre abweisend kühle Miene signalisierte deutlich, dass sie keine Lust hatte, zu reden. Also schwieg er und blickte bedrückt und auch ein wenig gekränkt aus dem Seitenfenster. Doch erst, als sie dann beim Abschied nicht einmal lächelte, war ihm klar geworden, dass irgendetwas nicht stimmte.

Aber was?

Das fragte sich Garett den ganzen Morgen hindurch immer wieder. Er war sich hundertprozentig sicher, dass er sich am Samstag nicht verraten hatte. Wäre es so gewesen, hätte er es Constanze angesehen und sie hatte sich doch bis zum Schluss locker fröhlich mit ihm unterhalten. Hatte Anke womöglich etwas über ihn gesagt, dass sie negativ beeinflusste? Unwahrscheinlich, ihre Freundin war eindeutig von ihm angetan gewesen. Blieb noch die Möglichkeit, dass heute Constanzes „Tag X" sein könnte. Sollte es so sein, war es allerdings ernüchternd, dass sie ihm das nicht gesagt hatte. Sie wusste doch, dass gerade er dafür Verständnis hätte.

Hör auf zu grübeln, Parker.

Damned, vielleicht hatte sie ja nur schlecht geschlafen und war deshalb so kurz angebunden gewesen. Der Gedanke beruhigte ihn etwas.

Garett war dennoch nervös, als er in der Mittagspause mit seinen Kollegen das Restaurant betrat. Normalerweise winkte Constanze ihm lächelnd zu, wenn sie ihn sah. Ausgerechnet heute saß sie jedoch mit dem Rücken zu ihm, weit weg, am anderen Ende des Saales. Und als sie ging, schaute sie nicht in seine Richtung. *Schade,* dachte er tief enttäuscht. Aber morgen war ein neuer Tag.

Leider verlief der Dienstag noch enttäuschender.

Constanze antwortete wiederum nur einsilbig auf seine Gesprächsversuche und blickte mittags nicht ein einziges Mal zu ihm, obwohl sie und ihr Boss am Nebentisch saßen. Garett, der sie heimlich und besorgt beobachtete, fiel auf, dass sie blass war und gestresst wirkte. Hatte sie vielleicht Probleme in ihrem Job? Nein, auch das konnte es nicht sein. Es gefiel ihr ja bei Brock, wie er wusste. Lag es also doch an ihm, dass sie so verändert war? *Wenn sie morgen immer noch so abweisend ist, frage ich sie einfach,* dachte Garett grimmig entschlossen.

Am späten Nachmittag, kurz vor Feierabend, kam Hans-Gerd zu ihm ins Büro. Der Geschäftsführer war den ganzen Tag über bei Kunden gewesen und erkundigte sich nun, ob alles in Ordnung sei bei ihm und seinem Team.

„Ja." Garett lächelte verkrampft. „Alles bestens."

„Ehrlich?" Sein Boss musterte ihn kritisch. „Du siehst abgespannt aus." „Nur ein bisschen Kopfschmerzen", schwindelte Garett. Es war ihm nicht wohl dabei, doch er wollte nicht über Constanze reden. Zuallererst musste er *mit* ihr reden. Die Frage war nur, was er zu hören bekommen würde.

In der darauffolgenden Nacht schreckte er immer wieder aus Albträumen hoch, in denen Constanze ihn hämisch auslachte, als er ihr offen seine Liebe gestand. Entsprechend gerädert stieg Garett am

Mittwochmorgen unter die Dusche und trank hinterher zwei große Tassen Kaffee. Frühstück konnte er vergessen. Sein Magen streikte. Um Viertel vor acht verließ er sein Appartement und erblickte verdutzt einen Zettel an seiner Türe.

Garett, ich bin krank. Du musst heute also laufen. Constanze.

„Heaven", murmelte er und lächelte erlöst. Dass sie krank war, tat ihm natürlich leid, doch nun wusste er wenigstens, was mit ihr los war. Vermutlich hatte sie die Grippe erwischt, die momentan kursierte, sich deshalb schon in den letzten Tagen schlecht gefühlt und war aus diesem Grund so verschlossen gewesen. Es hatte also gar nichts mit ihm zu tun. Mit leichtem Herzen ging Garett hinaus.

Am nächsten Tag erwachte er um die normale Uhrzeit und wollte schon aufstehen, da fiel ihm ein, dass er heute frei hatte, denn es war der ‚Tag der deutschen Einheit'. Garett war damals noch ein Junge gewesen, doch er konnte sich gut daran erinnern, wie sich selbst die US-Medien überschlugen, als im November 1989 im weit entfernten, zweigeteilten Deutschland die Mauer gefallen war. Ein knappes Jahr darauf, am dritten Oktober 1990, erfolgte die Wiedervereinigung. Ein wahrhaft historisches Datum für dieses Land.

Vielleicht konnte er später ja mit Constanze über dieses Thema reden; immer vorausgesetzt, sie war fit genug für ein Gespräch. Er hatte gestern Abend mehrfach vergeblich bei ihr geklingelt und hoffte inständig, dass sie heute Morgen aufmachen würde. Er musste unbedingt wissen, wie es ihr ging. Jetzt war es allerdings noch zu früh. Da sie krank war, schlief sie bestimmt länger als sonst. Vor neun Uhr sollte er sie nicht stören.

Seufzend drehte Garett sich auf die Seite und versuchte, wieder einzuschlafen. Erfolglos, und so stand er wenige Minuten später doch auf. Während er frühstückte, sah er nebenher die Nachrichten auf CNN an, räumte danach auf und spülte das Geschirr. Damit schlug er zwar ein wenig Zeit tot, aber es war trotzdem erst kurz vor acht, als er mit allem fertig war. Missmutig blickte Garett auf den

Wecker und dann aus dem Fenster. Es regnete kräftig. *Egal*, dachte er und zog kurzerhand die Regenjacke an. Ein feuchter Spaziergang am Rhein entlang war allemal besser, als eine ganze Stunde tatenlos herumzusitzen und die Minuten zu zählen.

Um Viertel vor neun war er zurück und blieb freudig überrascht an der Schwelle stehen. Im Hausflur standen die Krügers und neben den beiden Constanze! Sie sah zwar angegriffen aus, schien jedoch nicht so schwer erkrankt zu sein, wie er befürchtet hatte.

„Oh, hallo Garett, wie schön." Jeanette lächelte ihn mit entzückter Miene an. „Jetzt können wir es euch beiden gleichzeitig erzählen."

„Was denn?", fragte er zerstreut, weil Constanze sich sehr seltsam verhielt. Sie hatte bei seinem Anblick erschreckt die Augen aufgerissen und dann hastig weggesehen. Außerdem war sie leicht errötet und kaute sichtlich nervös auf ihrer Unterlippe herum.

„Oh, eine großartige Neuigkeit." Jeanette blickte zu ihrem Mann, der stolz grinsend seine schmale Brust reckte, kicherte albern und rief dann laut: „Wir bekommen ein Baby!"

Heaven!

Ein Flashback überrollte ihn, derart gewaltig, dass Garett einen Moment lang die Luft wegblieb. Rebeccas glücksstrahlende Augen damals. „Ich bin schwanger!" „Oh, my God!" Er hatte sie mit einem Freudenschrei umarmt und geglaubt, vor Glück zu platzen. Sie hatten jahrelang darauf gehofft und endlich hatte es geklappt.

Drei Monate später hatte er Frau und Kind beerdigt. Seine persönliche Apokalypse, aber die durfte er sich jetzt unter keinen Umständen anmerken lassen. Auch wenn sie ihn oft nervten; Max und Jeanette verdienten es, dass er ihnen anständig gratulierte.

Garett schluckte und zwang sich zu einem freundlichen Lächeln. „Das ist großartig, ich freue mich für euch", sagte er mit belegter Stimme. „Herzlichen Glückwunsch."

„Danke."

Das junge Paar strahlte und schaute dann erwartungsvoll zu Constanze. Auch Garett sah zu ihr und erschrak. Sie hatte die Arme um sich geschlungen, als ob sie Schutz suchte. Ihr eben noch gerötetes Gesicht war nun leichenblass und sie zitterte am ganzen Körper. „Constanze, was hast du?", fragte er beunruhigt und machte einen Schritt auf sie zu. „Ich, nichts, ich", stammelte sie und schaute mit gepeinigtem Blick von ihm zu Max und Jeanette. „Es tut mir leid, aber ich kann ni..." Ihre Stimme brach und dann wirbelte sie plötzlich herum und rannte zu ihrer Türe, als würde sie verfolgt.

Oh! My! God!

Garett erstarrte zur Salzsäule; genau wie damals, als er ihren brüderlichen Bodyguards gegenüberstand, doch der Grund war diesmal ein völlig anderer. Constanze hatte es nicht ausgesprochen, aber er wusste auf einmal, *wusste* es mit hundertprozentiger Sicherheit, was an ihrem „Tag X" geschehen war. Ein Baby, sie hatte ein Baby verloren. Damned, das musste furchtbar für sie gewesen sein. Und Kilian, dieser feige Dreckskerl, hatte sie damals einfach im Stich gelassen. Unsägliche Wut brandete in Garett auf und die löste seine Erstarrung.

„Constanze, warte!" Er eilte ihr nach, doch sie verschwand in ihrem Appartement, bevor er sie erreichte. „Was hat sie denn?", hörte er Jeanette hinter sich verwundert fragen. „Freut sie sich etwa nicht mit uns?" *Nein, das kann sie im Augenblick nicht.* Verdammt, er musste zu ihr. Sie durfte auf keinen Fall alleine sein in ihrem Kummer. Entschlossen hämmerte Garett mit der Faust gegen ihre Türe.

„Mach auf, bitte mach auf!"

„Geh weg!" Er hörte Constanze schluchzen und das zerriss fast sein Herz. „Hör zu, ich weiß, wie du dich fühlst", sagte er so ruhig wie möglich. „Rebecca war schwanger, als sie starb." „Was für eine Rebecca? Garett, was ist denn hier los?", jammerte Jeanette im Hintergrund, doch er ignorierte sie. Nur Constanze zählte jetzt. Noch einmal flehte Garett sie an, aufzumachen. Endlos lange Sekunden vergingen, dann öffnete sich die Türe einen Spalt. Rasch trat er ein und schloss Constanze wortlos in seine Arme.

Sie weinte lange. Erfüllt von schmerzlichem Mitgefühl und bodenloser Zärtlichkeit, hielt Garett sie fest und obwohl es unangebracht war in dieser Situation, genoss er es unbändig, sie wieder so nahe bei sich zu spüren. Auch wenn es erneut nur deshalb geschah, weil er sie trösten musste. Mit einem gewissen Galgenhumor sagte er sich, dass er heute wenigstens eine Regenjacke trug und die war ohnehin schon nass. Als Constanze ruhiger wurde, fragte er leise: „Willst du es mir erzählen?"

„Ich weiß nicht."

Ihre Stimme war heiser vom Weinen und er spürte deutlich, dass sie mit sich kämpfte. Garett biss sich auf die Unterlippe und wartete angespannt. Ihm war bewusst, wenn sie ablehnte, durfte er sie nicht bedrängen, denn nach wie vor galt: sie allein bestimmte den Zeitpunkt. Aber er hoffte inständig, dass sie sich ihm endlich anvertraute. Damit wäre er einen großen Schritt weiter.

„Also gut."

Constanze holte zittrig Luft und löste sich von ihm. „Komm mit."

YES!

Kapitel 13

Garett zog seine Regenjacke aus und setzte sich auf das dunkelblaue Sofa. Mit geschlossenen Augen atmete er zehn Mal tief durch. Gut, dass er einen Moment für sich hatte und sich sammeln konnte für das, was er gleich zu hören bekam. Constanze war mit einer gemurmelten Entschuldigung ins Bad verschwunden; eindeutig, um ihr Gesicht zu waschen. Er hörte das Wasser rauschen. Als sie kurz darauf das Wohnzimmer betrat, war er nicht im Geringsten überrascht über ihre verschlossene Miene. Er verstand, dass sie jetzt ihre Schutzmauer brauchte. „Willst du was trinken?", fragte sie knapp.

„Nein, danke", erwiderte er gelassener, als ihm zumute war. Er hatte gehofft, sie würde sich zu ihm setzen, doch leider tat sie es nicht. Constanze durchquerte den Raum und blieb vor der Terrassentüre stehen. Ihr Gesicht spiegelte sich in der Scheibe und er sah, dass sie gedankenverloren hinaus starrte. In ihre Vergangenheit. Minuten verstrichen, ohne dass sie etwas sagte. Da er selbst nur zu gut wusste, wie viel Überwindung es kostete, darüber zu sprechen, wartete Garett geduldig ab. Nach einer Weile seufzte sie tief, straffte die Schultern und begann zu reden. Ihre Stimme klang kühl und nüchtern, genau wie er erwartet hatte.

„Ich habe Kilian mit einundzwanzig kennen gelernt. Damals war ich, ganz anders als heute, ein richtiges Feierbiest." Jedes Wochenende mit ihrer Freundesclique im Leverkusener Nachtleben unterwegs. Von einem Club in den nächsten; tanzen und abfeiern bis zum Morgengrauen. „Meine Eltern saß oft schon beim Frühstück, wenn ich nach Hause kam."

Heaven!

Garett blinzelte verblüfft. Seit er von ihrer Beziehung mit Kilian wusste, hatte er immer wieder mal darüber nachgedacht, was die beiden wohl verbunden hatte, da sie seiner Meinung nach überhaupt nicht zusammen passten. Nun wusste er es besser. Die sensible Constanze war also früher genauso ein oberflächliches Feierbiest wie Rooster gewesen. Darauf wäre er nie gekommen.

„Eines Abends traf ich ihn in einer Diskothek", sagte sie. „Er war mit Freunden da und flirtete heftig mit mir." Da sie ihn attraktiv fand, ging Constanze bereitwillig darauf ein. Sie tanzten stundenlang miteinander und tauschten am Ende der Nacht ihre Nummern aus. „Ich hab allerdings nicht geglaubt, dass er ernsthaft an mir interessiert sei." Doch Kilian überraschte sie. Nur zwei Tage später rief er sie an und gestand ihr, dass er permanent an sie denken müsse. Constanze, seit längerer Zeit Single, sagte erfreut zu, als er sie um ein Date bat. Bereits am nächsten Abend trafen sie sich in einem spanischen Restaurant. „Wir quatschten über zwei Stunden lang miteinander und obwohl ich den Eindruck hatte, dass er ziemlich von sich eingenommen war, fand ich ihn trotzdem faszinierend. Er war unglaublich charmant."

Das glaube ich sofort, dachte Garett düster. Der Womanizer hatte garantiert sämtliche Register gezogen, um sie zu beeindrucken.

Mit Erfolg; dem ersten Date folgten weitere und exakt drei Wochen, nachdem sie sich kennen gelernt hatten, fuhr Constanze nach einer gemeinsam durchtanzten Nacht nicht nach Hause, sondern mit zu Kilian. „Ab da waren wir offiziell ein Paar."

Bis zu diesem Augenblick hatte Constanze starr nach draußen gesehen. Ausgerechnet jetzt drehte sie sich um, ging zu einem der Sessel und ließ sich darauf nieder. Garett, der sie die ganze Zeit beobachtet hatte, senkte hastig den Blick, damit sie nicht in seinen Augen las, dass er gerade vor Eifersucht kochte. Rooster hatte damals bekommen, wonach er sich bislang vergeblich sehnte: eine feste Beziehung mit ihr. Mit allem, was dazu gehörte. Bilder, die er nicht sehen wollte, erschienen vor seinem inneren Auge. Kilian und sie miteinander im Bett. Nackt, eng umschlungen und vor Lust stöhnend.

Es war die reinste Folter. Erst nach einer Weile wurde ihm bewusst, dass Constanze weiter geredet hatte.

„…und nach zwei Monaten hat er mich gefragt, ob ich zu ihm ziehen wolle."

Und ob sie wollte! Allein schon deshalb, um ihren anmaßenden Eltern und Brüdern zu beweisen, wie unrecht diese hatten. Sie alle verbargen es zwar höflich vor ihm, machten Constanze gegenüber jedoch keinen Hehl daraus, dass sie Kilian nicht leiden konnten. Er war ihnen zu großspurig und ihrer einhelligen Meinung nach kein Mann, mit dem sie auf Dauer glücklich werden konnte. Das kränkte Constanze enorm; es gab hitzige Diskussionen zwischen ihnen, die dazu führten, dass ihr einst so gutes Verhältnis sich rapide verschlechterte. „Ich hatte damals so die Schnauze voll von ihnen." Wütend und trotzig schlug sie deshalb sämtliche Warnungen, nichts zu überstürzen, in den Wind.

Constanze wischte einen imaginären Fussel von der Tischplatte und murmelte: „Wie oft habe ich mir hinterher gewünscht, ich hätte auf sie gehört."

Schon bald nach ihrem Einzug bei Kilian musste sie nämlich einsehen, dass ihre Familie zurecht Bedenken gehabt hatte. Aus mehreren Gründen. Unter anderem war ihr bis dahin nicht bewusst gewesen, wie extrem eitel ihr Freund wirklich war. „Ich mag es, wenn ein Mann auf sich achtet, aber er übertrieb maßlos." Kilian benötigte Stunden im Bad und zog sich oft bis zu fünfmal um, ehe er mit seinem Aussehen zufrieden war. „Schlimmer als jede Frau." Constanze schnaubte unwirsch. „Es hat mich wahnsinnig gemacht!"

Rooster!

Garett unterdrückte nur mühsam ein befriedigtes Grinsen. Es tat ihm wahnsinnig gut zu hören, dass sie sich oft über den eitlen Gockel geärgert hatte. Das linderte seine Eifersucht enorm und infolgedessen traute er sich, sie wieder anzusehen. Überrascht stellte er fest, dass Constanze ihn ebenfalls offen anschaute. Ihr Blick war zwar kalt und distanziert, aber das galt ja nicht ihm, sondern dem Mann, von dem sie nun weiter erzählte.

In der anfänglichen Verliebtheitsphase war es nie zu einem ernsthaften Streit zwischen ihr und Kilian gekommen. Nun, da sie zusammenlebten, änderte sich das. „Wir mussten uns ja erst mal zusammenraufen." Wie bei den meisten Paaren, waren es größtenteils Lappalien, worüber sie stritten und stets war es Kilian, der zuerst einlenkte. Mit den ewig gleichen Worten. „Lass uns aufhören, ich bekomme Magenschmerzen", zitierte Constanze in bissigem Tonfall. Lange Zeit glaubte sie ihm das sogar. Bis zu jenem Samstag, an dem sie begriff, dass ihr Freund schlicht unfähig war, mit Konflikten oder schwierigen Situationen umzugehen. Sie hatten wie immer die Nacht zuvor durchgefeiert und als Constanze am frühen Nachmittag wach wurde, stellte sie fest, dass sie eine heftige Grippe erwischt hatte.

„Dreimal darfst du raten, wie er reagiert hat", sagte sie mit einem zynischen Lächeln. Garett schluckte. Er musste nicht raten. Trotzdem konnte er kaum glauben, was sie berichtete.

„Ach du Scheiße, bleib bloß weg von mir!"

Mit diesen Worten war Kilian hastig aus dem Bett gesprungen, zog sich in Windeseile an und verließ das Schlafzimmer, als habe sie die Pest. Constanze war bestürzt darüber, doch das war nichts gegen den Schock, den er ihr gleich darauf versetzte. „Ich fahr zu meinen Eltern!", rief er vom Flur aus. „Bis heute Abend." „Du kannst mich doch jetzt nicht alleine lassen!", schrie sie empört zurück, mit krächzender Stimme. „Hey, du verstehst doch bestimmt, dass ich mich nicht anstecken will, oder?" hatte Kilian mürrisch geantwortet. „Außerdem geht es mir selber nicht gut. Ich hab heftige Magenschmerzen." Keine Sekunde später war die Haustüre ins Schloss gefallen.

„Damals hätte ich den Schlussstrich ziehen müssen, aber ich blöde Kuh habe es nicht getan", sagte Constanze mit bitterer Miene. „Warum nicht?", fragte Garett rau. Er war zutiefst erschüttert. Nicht bloß über Kilian, sondern auch über sie. Hatte sie denn gar keinen Stolz besessen?

„Warum?" Sie lachte freudlos. „Weil ich so naiv war, zu glauben, er würde sich noch ändern." Hinzu kam noch ein weiterer Punkt. „Falscher Stolz meiner Familie gegenüber." Seit ihrem Auszug hatte sie kaum Kontakt mit ihnen gehabt. Ab und zu ein Anruf, bei dem sie stets fröhlich betonte, wie überglücklich sie mit Kilian sei. Und jetzt sollte sie zu Kreuze nach Hause kriechen und zugeben, dass dies nicht stimmte? Nein, niemals! Außerdem waren ihre Gefühle für Kilian trotz allem immer noch sehr stark und als dieser abends wiederkam und sich scheinbar ehrlich zerknirscht bei ihr entschuldigte, verzieh Constanze ihm bereitwillig. Sie redete ihm sogar zu, ohne sie feiern zu gehen. Schließlich war ja Wochenende und dass sie krank war, nicht sein Problem. „Ich war so dämlich."

Sie sprang abrupt auf und trat erneut an die Terrassentüre. Wie vorhin blickte sie längere Zeit stumm hinaus und als sie weitersprach, klang sie sehr müde.

Kilian, das war ihr in der Folgezeit rasch klar geworden, würde sich nicht ändern. Dennoch hielt sie gegen jegliche Vernunft weiter an der Beziehung fest. „Und dann geschah etwas, womit ich niemals gerechnet hätte." Sie war beim Frauenarzt gewesen. Ein Routinebesuch zur Kontrolle, doch dabei stellte sich heraus, dass sie im zweiten Monat schwanger war. „Ich fiel aus allen Wolken." Das konnte nicht sein, sie nahm doch die Pille und hatte auch ihre Periode regelmäßig bekommen! Ihr Arzt erklärte, dass so etwas zwar selten sei, aber durchaus vorkommen könne und fragte behutsam nach, ob sie das Kind behalten wolle. Noch wäre ein Schwangerschaftsabbruch straffrei. „Das kam jedoch überhaupt nicht infrage", sagte Constanze leise. Sie fühlte sich zwar eigentlich noch viel zu jung, um Mutter zu werden, aber ihr Entschluss stand sofort fest: Sie wollte das Kind;

egal, was Kilian, ihre Eltern oder der Rest der Welt dazu sagen würden. „Als ich die Praxis verließ, verspürte ich trotz des Schocks auch Freude in mir. Kannst du das verstehen?"

Constanze drehte sich um und sah ihn an. In ihren Augen glitzerten Tränen.

„Ja, sicher", erwiderte Garett heiser. Mein Gott, und wie mutig ihre Entscheidung gewesen war! Mit 21 Jahren ungewollt schwanger von einem Mann, der egoistisch und verantwortungslos war. Dennoch hatte sie sofort ja zu ihrem Kind gesagt. Wohl wissend, dass sie höchstwahrscheinlich alleinerziehend sein würde, da sie nicht davon ausgehen konnte, dass sich der feige Womanizer diesem „Problem" stellte. Ihr bisheriges Leben stand Kopf und trotzdem war sie bereit, sich der Herausforderung zu stellen. Heaven, das war unglaublich tapfer von ihr gewesen.

„Im wievielten Monat war Rebecca damals?", wollte Constanze jetzt wissen. „Im Dritten", antwortete er mit zugeschnürter Kehle. „Ach, Garett." Ein zutiefst trauriges Lächeln erschien auf ihrem Gesicht. „Du hast dich bestimmt unglaublich auf euer Baby gefreut." Garett nickte stumm und räusperte sich, ehe er die im Prinzip überflüssige Frage stellte: „Und wie hat Kilian reagiert?" „Noch schlimmer, als ich ohnehin befürchtet hatte", sagte Constanze tonlos, strich sich eine Haarsträhne zurück und blickte wieder aus dem Fenster.

Sie hatte es Kilian noch am selben Abend mitgeteilt. Zuerst war er leichenblass geworden. „Dann rastete er komplett aus." Er tobte minutenlang, beschuldigte sie, absichtlich schwanger geworden zu sein und beschimpfte Constanze auf das Übelste. „Du lässt es wegmachen, sonst ist es aus, kapiert!?", brüllte er zum Schluss und verließ wutschnaubend die Wohnung. Sie wusste sofort, dass er in dieser Nacht vermutlich nicht mehr nach Hause kommen würde, doch das war ihr egal. „Sein letzter Satz hatte jegliches Gefühl für ihn in mir ausgelöscht." Nachdem er weg war, setzte Constanze sich an den Küchentisch und überdachte nüchtern ihre Situation. Die Trennung war also beschlossene Sache. Das hieß, sie musste so rasch wie möglich ausziehen. Aber wohin konnte sie gehen? Zurück zu ihren Eltern kam nicht infrage. Die würden ihr zweifelsohne helfen, aber genau das wollte sie auf keinen Fall. „Mein Stolz ließ das nicht zu." Auch ihre Brüder waren deshalb keine Option. Nein, sie musste und würde es auch ohne ihre Familie schaffen. Constanze beschloss, gleich am nächsten Tag Anke anzurufen. Ihre beste Freundin nahm sie garantiert für einige Wochen bei sich auf, dann konnte sie weitersehen. „Gegen zehn Uhr ging ich ins Bett und schlief erstaunlich rasch ein." Kurz nach Mitternacht weckten sie jedoch wahnsinnig schmerzhafte Unterleibskrämpfe, die von Minute zu Minute stärker wurden. Constanze ahnte, was das bedeutete und wählte angsterfüllt den Notruf. „Ich hatte gerade aufgelegt, da kam Kilian überraschend doch nach Hause." Obwohl sie ihn nicht mehr liebte, war sie dermaßen erleichtert, nicht mehr alleine zu sein, dass sie ihm weinend um den Hals fiel. „Er schubste mich weg und schrie, ich solle ihn in Ruhe lassen, er würde seine Meinung nicht ändern." Tränenerstickt erklärte Constanze ihm, was los war und flehte ihn an, sie in die Klinik zu begleiten. „Ich weiß, dass du so etwas schlecht kannst, sagte ich zu ihm, aber bitte lass mich jetzt nicht im Stich. Ich hab solche Angst."

Constanze machte eine kurze Pause, dann sprach sie weiter, mit bebender Stimme und Garett bekam keine Luft mehr. Trotzdem er genau wusste, was kam, war es ein Schock, die ungeheuerliche Reaktion des feigen Dreckskerls aus ihrem Munde zu hören. „Vergiss es, stammelte er, mit panisch aufgerissenen Augen. Ohne mich, das ist allein dein Problem." Mit schneeweißem Gesicht war Kilian rückwärts aus dem Zimmer getaumelt und erneut verschwunden. „Zum Glück kam gleich darauf schon der Rettungswagen, denn ich war kurz davor, ohnmächtig zu werden."

In der Klinik tat man alles, um das Baby zu retten, doch vergebens. Am frühen Morgen, kurz vor halb fünf, verlor Constanze ihr Kind, von dem sie erst einen Tag zuvor erfahren hatte. „Es war der siebte November, ein Mittwoch", wisperte sie. „Sie mussten eine Ausschabung machen und als der Arzt die Narkose setzte, hab ich mir gewünscht, nie mehr aufzuwachen."

Oh! My! God!

Ihre Worte lösten einen Dammbruch in Garett aus. Die Erinnerung an seine eigene Todessehnsucht damals vor vier Jahren und all seine unterdrückten Gefühle für sie schossen derart vehement in ihm hoch, dass er ohne zu überlegen reagierte. Er sprang auf und zog Constanze ungestüm an sich. „Oh, Darling, es tut mir so leid für dich!", stieß er leidenschaftlich hervor. „Wäre ich nur da gewesen, ich hätte dich nicht alleine gelassen, niemals!" Er hatte noch nicht ganz zu Ende gesprochen, da spürte er, wie sie sich in seinen Armen versteifte und entsetzt wurde ihm klar, dass er sich soeben verraten hatte. Viel zu früh und das zum denkbar schlechtesten Zeitpunkt. Ausgerechnet während sie von der schlimmsten Krise ihres Lebens berichtete. Was für ein katastrophales Timing.

DAMNED!

Garett wurde eiskalt. Hastig ließ er Constanze los und drehte sich abrupt weg, denn er konnte ihr jetzt unmöglich in die Augen sehen. „Sorry, ich, ich wollte dir nicht zu nahe treten", stammelte er fürchterlich verlegen. „Ich, ich gehe jetzt besser." Mit unsicheren Schritten ging er so rasch wie möglich zur Türe. Bloß weg von hier.

„Nein, um Himmels Willen, bleib!", ertönte es auf einmal hinter ihm. Constanze klang ganz atemlos. „Ist es also doch wahr, du liebst mich?"

Heaven, hörte er richtig?

Wie in Trance drehte Garett sich um und was er sah, raubte ihm den Atem. Dieses wunderbare sanfte Lächeln erleuchtete ihr Gesicht und in den dunklen Augen las er dieselben tiefen Gefühle, die auch er empfand. „Oh my God, I can't believe it", krächzte er völlig überwältigt. Sein Herz, eben noch tonnenschwer, fühlte sich plötzlich so leicht an wie ein Luftballon, der schnurstracks zum Himmel hinaufflog. „Ja, so richtig kann ich es auch noch nicht glauben." Constanze eilte auf ihn zu und schlang freudestrahlend ihre Arme um seinen Hals. „Doch reden können wir gleich, erst küssen bitte, ja?"

„Yes", entgegnete Garett rau und senkte den Kopf.

Er hatte davon geträumt, sie zu küssen. Mehrfach sogar, doch die Wirklichkeit war tausendfach großartiger. In dem Moment, als ihre Lippen sich berührten, explodierte ein gigantisches Feuerwerk in seinem Gehirn und entflammte seinen gesamten Körper. Trotzdem beherrschte er sich und küsste sie so behutsam, wie er es damals bei Peggy getan hatte. Jetzt war nicht der richtige Augenblick für einen leidenschaftlich stürmischen Kuss. Sie waren beide aufgewühlt genug. Zuerst ihre traurige Geschichte, dann die wunderbare Erkenntnis, dass sie ineinander verliebt waren. Heaven, was für eine Wende und das ausgerechnet heute! Nicht bloß für die Deutschen, sondern auch für ihn und Constanze würde der dritte Oktober ab sofort ein historisches Datum sein.

Nach einer Weile löste Garett seinen Mund von ihrem und umfasste ihr Gesicht zärtlich mit beiden Händen. Sie strahlte so glückselig, wie er sich fühlte. „Seit wann, Constanze?", fragte er mit belegter Stimme. „Ich meine, wann hast du gemerkt, dass ich mehr für dich bin, als nur ein netter Nachbar?" „Erst letzten Samstag und das auch nur dank Anke, um ehrlich zu sein."

Constanze lachte verlegen bei seinem verblüfften Blick und berichtete dann, was geschehen war, nachdem er die beiden Freundinnen verlassen hatte.

„Mensch, Constanze, ich bin hin und weg."

Kaum war Garett verschwunden gewesen, hatte Anke sich mit begeisterter Miene an sie gewandt. „Der ist ja noch viel toller, als ich ihn mir vorgestellt habe. Was für ein aufmerksamer, liebenswürdiger Mann und vor allem irre attraktiv! Diese grauen Schläfen sind soo sexy, findest du nicht auch?" Sie stöhnte sehnsüchtig und fragte dann aufgeregt: „Glaubst du, ich hätte eine Chance bei ihm?"

Ihre Frage traf Constanze so unerwartet wie ein Blitz an einem wolkenlosen Tag. Anke interessierte sich für Garett? *Ihrem* Garett? Das durfte nicht wahr sein! Zutiefst entsetzt starrte sie ihre beste Freundin sprachlos an.

„Na sowas, explodiert da etwa jemand gleich vor Eifersucht?" Anke grinste spöttisch und zwinkerte ihr zu. „Keine Angst, ich will nichts von ihm, aber du, meine Liebe, solltest dir endlich eingestehen, dass du in ihn verknallt bist." Sie habe schon länger den Verdacht gehegt, dass es so war. „Deine Augen leuchten immer, wenn du von ihm erzählst und als du ihm gerade sichtlich liebestoll hinterher gesehen hast, dachte ich, es wird allerhöchste Zeit, dir auf die Sprünge zu helfen."

„Oh mein Gott, du hast recht."

Constanze plumpste neben ihrer Freundin auf das Sofa und lachte fassungslos auf. Nach dem Desaster mit Kilian war eine neue Beziehung all die Jahre für sie nicht infrage gekommen. Zu tief saß der Schmerz und auch der Frust über sich selbst, weil sie damals nicht rechtzeitig den Absprung geschafft hatte und deshalb mit Schuld daran trug an dem, was geschehen war. Der Gedanke, dass sich so etwas wiederholen könnte, flößte ihr schreckliche Angst ein und deshalb hatte sie ihre Gefühle und Sehnsüchte hinter einer dicken Schutzmauer verschanzt. Bloß nie wieder verlieben.

Und nun war es doch passiert. Sie war verliebt und wie!

Ausgerechnet in den Mann, der ihr anfangs so zuwider gewesen war, weil er sie an ihren feigen Exfreund erinnerte. Doch Garett hatte ihr schnell bewiesen, dass er völlig anders als Kilian war. Kein oberflächliches Feierbiest, das sich vor Problemen drückte, sondern so, wie Anke gerade gesagt hatte: Aufmerksam und liebenswürdig und

ach, noch viel mehr als das. Er war humorvoll, sensibel und fürsorglich. Ein Mann, auf den eine Frau sich felsenfest verlassen konnte.
Zudem sah er zehnmal besser aus als Kilian. Geprägt durch den tra-
gischen Tod seiner Frau lag in dem markanten Gesicht und den sil-
bergrauen Augen von Garett Parker eine Reife, die ihr Ex in seinem
ganzen Leben nie erreichen würde.

Es gab allerdings noch einen weiteren Unterschied zwischen den
beiden Männern und den konnte Constanze leider nicht wegleug-
nen. Kilian hatte sich damals auf Anhieb in sie verliebt. Für Garett
war sie jedoch lediglich eine Nachbarin. Er unterhielt sich zwar gern
mit ihr und schien sie durchaus zu mögen. Aber mehr war da definitiv nicht von seiner Seite aus, das hätte sie doch gemerkt. Nein, von
Verliebtheit keine Spur. Genau das erklärte sie nun auch Anke und
fragte niedergeschlagen: „Was soll ich denn jetzt machen?"

„Ich fasse es nicht, bist du echt so blind?", fragte Anke kopfschüttelnd zurück und sah sie durchdringend an. „Hör mal, ich hab dir in
letzter Zeit aufmerksam zugehört. Du hast mir ja ständig von ihm
erzählt." Stellte Garett ihr inzwischen nicht auffallend oft private
Fragen und beantwortete ihre eigenen ungewöhnlich offen? Männer
waren doch normalerweise verschlossener als Frauen, wenn es um
persönliche Dinge ging. Er jedoch nicht; ganz im Gegenteil, er wollte
offenbar, dass Constanze und er sich näher kennen lernten. „Ich bin
überzeugt davon, dass er sehr wohl tiefere Gefühle für dich hegt, sie
aber gut versteckt, weil er unsicher ist, ob er überhaupt eine Chance
bei dir hat." Ein weiteres Indiz dafür war nach Ankes Meinung, dass
er Constanze oft zum Lachen brachte, so wie vorhin mit dem Buch.
Garett Parker wusste offenbar, dass Humor der Schlüssel zum Herzen einer Frau sein konnte. „Glaub mir, du bist garantiert mehr für
ihn als bloß eine Nachbarin."

„Meine Güte, ja", flüsterte Constanze völlig überwältigt. Ihr Herz
klopfte auf einmal wie verrückt, denn alles, was ihre Freundin gesagt
hatte stimmte und jetzt fiel ihr jäh auch noch etwas anderes ein.

„Deshalb weicht er meinem Blick in letzter Zeit so häufig aus! Ich hab mich schon darüber gewundert. Zweifellos will er verhindern, dass ich es ihm ansehe." Sie schlug die Hände vors Gesicht und stöhnte. „Mensch, Anke, ich war echt blind."

„Na, Hauptsache, du hast es jetzt kapiert", hatte Anke trocken geantwortet. „Also ran an den Mann. Schnapp ihn dir!"

„Wir haben dann überlegt, was ich tun könnte, um dir zu signalisieren, dass ich deine Gefühle erwidere."

Constanze lächelte ihn zärtlich an. „Anke schlug vor, ich sollte dich ganz mutig einfach mal zum Essen einladen." Was war besser geeignet, sich gegenseitig die Liebe zu gestehen, als ein Abendessen bei Kerzenschein? „Ich fand die Idee auch richtig gut und wollte dich gleich am Montag fragen." Sie lachte selbstironisch und schaute in komischer Verzweiflung zur Decke hoch. „Wie du weißt, hab ich es jedoch nicht getan."

„Ja." Garett hatte ihr fasziniert zugehört und in Gedanken mehrmals ein riesiges Dankeschön an Anke geschickt. Constanze und er saßen inzwischen nebeneinander auf dem Sofa. Er hatte den Arm um ihre Schultern gelegt und zog sie jetzt noch enger an sich. „Wieso warst du so abweisend zu mir?", wollte er wissen, denn das war ihm noch unerklärlicher, jetzt, da er die Wahrheit kannte. „Ich habe Panik bekommen", antwortete Constanze schlicht und erklärte ihm warum. In dem Moment, als er am Montag aus dem Haus gekommen war und auf ihr Auto zulief, hatten sie ihre frisch entdeckten Gefühle für ihn derart überwältigt, dass ihr die Luft wegblieb. Himmel, er sah wahnsinnig gut aus in diesem rauchblauen Rolli und der schwarzen, eng anliegenden Jeans. Und diese sexy grauen Schläfen! Verdammt, und wie lässig elegant und selbstbewusst zugleich er sich bewegte. Hatte er das schon immer getan? Dann stieg er ein; sie roch sein Aftershave, hörte seine fröhliche Stimme mit diesem bezaubernden amerikanischen Slang und verlor endgültig die Nerven. Plötzlich war Constanze felsenfest davon überzeugt, dass Anke und sie sich getäuscht hatten. Nein, dieser umwerfend tolle Mann war nie und nimmer in sie verliebt. Sie musste ja bloß an das Foto von Rebecca denken, um zu wissen, dass sie ganz und gar nicht der Typ Frau war, den er anziehend fand. Nein, Garett war einfach nur nett zu ihr, das war alles. Grenzenlose Panik ergriff sie, dass er bemerken könne, was sie für ihn empfand und deshalb tat Constanze Vogel das, was sie jahrelang kultiviert hatte: Sie zog radikal ihre Schutzmauer hoch.

„Das hat dich verletzt, ich habe es gespürt, aber ich konnte meine Zweifel einfach nicht überwinden", sagte sie leise und sah Garett zerknirscht an. „Kannst du mir verzeihen?" „Ja, aber nur, wenn du mich sofort küsst", erwiderte er zärtlich grinsend. Sie tat es und diesmal hielt er sich nicht zurück, sondern legte all seine leidenschaftlichen Gefühle für sie in den Kuss hinein. Constanze schnappte hinterher genauso heftig nach Luft wie er und erzählte dann weiter.

„Anke war mächtig sauer, als sie am Montagabend erfuhr, dass ich gekniffen hatte." Ihre Freundin schimpfte lautstark und befahl ihr brüsk, die idiotischen Zweifel zu ignorieren. Was Constanze leider nicht gelang und so war der Dienstag der reinste Horror für sie gewesen. Erst die gemeinsame Fahrt morgens mit ihm und dann saß Garett mittags auch noch am Nebentisch! Sie hatte natürlich gemerkt, dass er sie beobachtete, doch anstatt sich darüber zu freuen, wurde ihr angst und bange bei dem Gedanken, er könne sie womöglich auf ihr abweisendes Verhalten ansprechen.

„Genau das hatte ich auch vor", bestätigte Garett ihr ernst und berichtete über seine eigenen Zweifel, die sich jedoch gestern Morgen in Luft aufgelöst hatten, als er ihren Zettel an der Türe fand. „Ich dachte, du hast diese Grippe, doch das ist ja wohl nicht so. Was war denn los", fragte er besorgt. „Hattest du wieder Kopfschmerzen?" Zu seiner Verwunderung wurde Constanze rot. „Nein, es war bloß der Liebeskummer", murmelte sie und krauste entzückend verschämt ihre Nase. „Bitte verrate es keinem, aber ich habe zum ersten

Mal in meinem Leben blau gemacht." In der Nacht auf Mittwoch hatte sie kaum geschlafen. Deshalb hatte sie morgens um Fünf den Zettel an seine Türe geklebt und sich später, mit immens schlechtem Gewissen, im Autohaus krank gemeldet. „Du hast gestern Abend bei mir geklingelt, nicht wahr? Weil du wissen wolltest, wie es mir ging." Garett nickte stumm. „Ich hätte ja aufgemacht, wäre da nicht der quälende Gedanke gewesen, dass du das bestimmt bloß aus nachbarschaftlicher Höflichkeit tust." Genau das hatte sie auch zu Anke gesagt, die später anrief und resolut nachfragte, ob sie denn nun endlich aktiv geworden sei. Ihre Freundin schwieg daraufhin einige Sekunden lang, schnauzte dann wütend: „Du bist total be- scheuert!", und legte grußlos auf. Ihre drastische Reaktion hatte das Gefühlschaos in Constanze noch verstärkt. Erschöpft und völlig übermüdet nach einer weiteren unruhigen Nacht, war sie dann vor- hin, auf dem Weg zum Briefkasten, Jeanette und Max in die Arme gelaufen. „Ich hab innerlich geflucht, das kann ich dir sagen." Die beiden waren die Letzten, die sie in ihrem aufgelösten Zustand se- hen wollte. „Aber jetzt bin ich so froh darüber, denn sonst säßen wir nun nicht hier."

Constanze streichelte seine Hand und schaute ihn mit feuchten Augen an. „Ist das nicht eine seltsame Schicksalsfügung?", fragte sie leise. „Ausgerechnet ein Baby hat uns beide zusammen gebracht." „Ja", entgegnete Garett mit sehr rauer Stimme. „Und ich hoffe in- ständig, es kommt gesund zur Welt." „Ich auch", flüsterte sie und wischte eine einzelne Träne ab, die ihr über die linke Wange lief. „Es tut mir so leid, wie ich vorhin reagiert habe. Ich muss mich unbe- dingt so bald wie möglich bei den beiden entschuldigen und ihnen alles erklären." „Nicht bloß du", brummte er und verzog gequält das Gesicht. Das wurde gewiss ein tolles Gespräch! Er hörte jetzt schon, wie Jeanette mindestens hundert Mal „Oh, du arme Maus" zu ihm und Constanze sagte.

„Kuck nicht so."

Constanze stieß ihn leicht in die Seite und lächelte ihn verständnisinnig an. „Ich weiß, was du denkst, aber gemeinsam stehen wir das durch."

Eine glückselige Wärme durchflutete Garett bei diesen Worten. Ja, gemeinsam würden sie alles durchstehen. Er beugte sich vor, um sie erneut zu küssen, doch im selben Augenblick klingelte es an der Türe. Nicht bloß einmal, sondern ununterbrochen. Constanze und er grinsten gleichzeitig los, denn ihnen war sofort klar, wer da Sturm läutete. „Gehst du?", fragte sie kichernd. Ihre Augen funkelten übermütig. „Sag ihr, ich habe leider keine Zeit."

„Mach ich." Garett sprang lachend auf, eilte hinaus in den Flur und drückte auf den Öffner.

„Dein Glück, dass du aufgemacht...oh." Anke, die mit grimmiger Miene ins Haus gestürmt war, blieb abrupt stehen, als sie ihn erblickte und riss verdattert die Augen auf. „Garett?!"

„Hallo, Anke." Es gelang ihm nur mühsam, ernst zu bleiben. „Schlechtes Timing. Constanze ist momentan sehr beschäftigt."

„Beschäftigt, äh womit?", stammelte sie verwirrt.

„Mit mir", erwiderte Garett salopp, doch dann verließ ihn die Beherrschung, denn er hörte, wie Constanze vergnügt aufkreischte und begann selbst lauthals zu lachen. Es dauerte nur einen Sekundenbruchteil, bis Anke kapierte.

„AAH!!"

Ihr begeisterter Aufschrei gellte in seinen Ohren und da war sie auch schon bei ihm und umarmte ihn derart stürmisch, dass er sich am Türrahmen festhalten musste. „Na endlich!", rief sie über seine Schulter. „Bin schon wieder weg, aber ich erwarte einen ausführlichen Bericht von dir, meine Liebe!" „Kriegst du, aber frühestens morgen!", rief Constanze lachend zurück. „Heute werde ich den ganzen Tag nichts anderes tun, als Garett küssen."

„Braves Mädchen, das wollte ich hören!"

Anke ließ ihn los und trat einen Schritt zurück. „Ach Garett, ich freu mich so für euch", sagte sie mit einem strahlenden Lächeln und schubste ihn sachte. „Na los, geh wieder rein, sie wartet auf dich." Dann drehte sie sich um und verschwand blitzschnell nach draußen, ehe er die Gelegenheit hatte, sich bei ihr zu bedanken. Nun, das würde er demnächst mit einem riesigen Blumenstrauß nachholen.

Als er in ihr Wohnzimmer zurückkam, lächelte Constanze ihm so zärtlich entgegen, dass seine Kehle eng wurde. Heaven, wie er diese Frau liebte. Garett setzte sich zu ihr und schloss sie in seine Arme. „Wirklich den ganzen Tag?", raunte er in ihr linkes Ohr. „Ja", wisperte Constanze zurück und dann sagten sie lange Zeit nichts mehr.

Kapitel 14

Als Garett am Freitag erwachte und herzhaft gähnte, protestierten sämtliche Muskeln in seinem Gesicht. „Autsch", murmelte er verschlafen und grinste glücklich, obwohl auch das wehtat. Egal, es war ein süßer Schmerz. Ein paar herrliche Minuten blieb er noch liegen und überließ sich ganz den Erinnerungen an gestern.

Constanze und er hatten sich wirklich den ganzen Tag lang geküsst. Okay, nicht ununterbrochen, sie hatten auch ausgiebig miteinander geredet und viel gelacht. Als Erstes wollte sie natürlich wissen, wann er sich in sie verliebt habe.

„Ich weiß es nicht genau."

Garett gestand ihr verlegen lächelnd, dass es ihm ebenso ergangen war wie ihr. Blind den eigenen Gefühlen gegenüber, bis zu jener Szene vor zwei Wochen in ihrem Büro. „Das war der absolute Hammer für mich." Er erzählte, wie ihm danach alles Mögliche durch den Kopf gegangen war und sprach dabei auch ehrlich jenen Zweifel an, der sich noch nicht aufgelöst hatte. „Wie du weißt, läuft mein Vertrag bloß über drei Jahre." Es würde kein Problem sein, diesen zu verlängern, wozu er auch gern bereit sei. Um drei weitere oder auch fünf Jahre. Sein Boss wäre der Erste, der begeistert Ja dazu sagte. „Aber ich möchte auf jeden Fall eines Tages zurück nach Seattle." Er räusperte sich kräftig, doch noch ehe er die Frage stellen konnte, sprach Constanze sie aus. „Und du fragst dich, ob ich bereit wäre, mitzukommen." Garett nickte befangen, denn sie sah ihn sehr ernst an. „Ich gebe zu, der Gedanke, meine Familie zu verlassen, ist ziemlich beängstigend und auch Anke würde mir schrecklich fehlen." Ihre Stimme zitterte hörbar, doch dann lächelte sie plötzlich. „Aber Garett, ich liebe dich und falls sich daran nichts ändert, wovon ich jetzt einfach ausgehe, werde ich selbstverständlich mit dir gehen, wenn es soweit ist."

Heaven!

Ihre bereitwillige Zusage entlockte Garett einen zutiefst erlösten Seufzer. Er küsste Constanze innig und nach einer kurzen Atempause sofort ein weiteres Mal. Danach hatten sie weitergeredet. Und sich wieder geküsst. Reden. Küssen. Reden. Küssen. So war es den ganzen Tag hindurch gegangen.

Kein Wunder litt er heute Morgen unter Muskelkater im Gesicht. Den er im Übrigen liebend gern auch in einem anderen Körperteil gespürt hätte, daraus machte Garett keinen Hehl. Er stöhnte unterdrückt auf und ging duschen. Eiskalt, so wie schon gestern Abend, als er in sein Appartement zurückgekehrt war. Wäre es nach ihm gegangen, hätte weit mehr zwischen ihnen geschehen können. Doch Constanze war, trotz aller Leidenschaft, die spürbar auch in ihr aufgeflammt war, nicht bereit dazu gewesen. *Lass mir etwas Zeit.* Sie hatte es nicht laut gesagt, aber Garett hatte es deutlich in ihren Augen gelesen und selbstverständlich, wenngleich bedauernd, akzeptiert. Er hatte vier Jahre ohne Sex überlebt, da konnte er auch noch ein bisschen länger warten.

Eine halbe Stunde später klingelte Constanze bei ihm und er konnte sie immerhin wieder küssen. Leider nicht sehr lange, denn sie musste zu einer Fortbildung im Kölner Norden, die bereits um halb acht begann. Das hatte sie ihm zwar schon in der vergangenen Woche mitgeteilt, doch der Termin war Garett entfallen und so war er gestern sehr geknickt gewesen, als sie ihn daran erinnert hatte. Denn das hieß, keine gemeinsame Fahrt heute früh und mittags würden sie sich auch nicht sehen. Damned, wie sollte er bloß diesen Tag überstehen? Wenigstens würden sie per WhatsApp in Kontakt bleiben und in der Pause miteinander telefonieren.

„Bis heute Nachmittag."

Constanze ging zur Haustüre, drehte sich dort jedoch noch mal um und sagte mit sehnsüchtiger Miene: „Ich vermisse dich jetzt schon." „Ich dich auch", erwiderte Garett heiser. Einen wundervollen Moment lang sahen sie einander zärtlich an, dann verschwand sie endgültig und er schloss seufzend seine Türe.

Gleich darauf kam die erste Nachricht von ihr.

Sitze im Auto, will aber nicht losfahren. Kannst du schnell rauskommen und mich nochmal küssen? Biiiiitte!!

Garett lachte und griff unverzüglich nach seinem Schlüssel.

Bis zu seinem Feierabend hatte er insgesamt sage und schreibe dreißig WhatsApp von Constanze erhalten und ebenso oft geantwortet. Sogar mit Herzchen und Kuss-Smileys! Mein Gott, er benahm sich wie ein alberner Teenager, doch das war ihm absolut egal. Garett fuhr den PC herunter, verabschiedete sich von seinem Team und Claudia und ging schlussendlich zu Hans-Gerd, um auch diesem ein schönes Wochenende zu wünschen.

„Gleichfalls", erwiderte der Geschäftsführer und zwinkerte ihm verschwörerisch zu. „Grüß deine Constanze von mir."

„Mach ich." Garett grinste breit. Sein Boss war der Einzige in der Firma, der bislang von der großartigen Neuigkeit wusste. Er hatte es ihm unter vier Augen erzählt und Hans-Gerd, wie nicht anders zu erwarten, hatte ihm sehr herzlich gratuliert. Alle anderen Kollegen würde Garett am kommenden Montag im Meeting informieren.

Da ihre Fortbildung nur bis 16 Uhr gedauert hatte, war Constanze bereits da, als er zuhause ankam. „Ich dachte, der Tag geht nie vorüber!", rief sie aus und schlang die Arme um seinen Hals. Heaven, es war wunderbar, sie wieder zu spüren, ihre weichen Lippen zu schmecken. Hatte er tatsächlich jahrelang geglaubt, er könnte nie eine andere Frau als Rebecca lieben? Der Gedanke kam Garett jetzt geradezu absurd vor.

Nach ihrem endlos langen Begrüßungskuss ging er hinüber in sein eigenes Appartement, machte sich kurz frisch und zog einen anderen Pullover an. Constanze und er wollten in die City fahren, irgendwo gemütlich essen gehen und hinterher durch die Altstadt bummeln. Zuvor mussten sie jedoch noch etwas erledigen. Er hätte es zwar lieber aufs Wochenende verschoben, aber Constanze war der Meinung, je eher sie es hinter sich brachten, desto besser. Und so stiegen sie Hand in Hand die Treppe hoch in den ersten Stock und klingelten bei den Krügers.

„Oh, hallo."

Jeanette starrte sie überrascht an.

„Wir würden gern kurz mit euch reden", erklärte Constanze ruhig. „Dürfen wir reinkommen?"

Das Gespräch verlief nicht ganz so schlimm, wie Garett es sich ausgemalt hatte. Wie vereinbart redete er zuerst über Rebecca, dann erzählte Constanze. Beide gingen sie dabei nicht ins Detail, sondern blieben bei den relevanten Fakten. Einzelheiten gingen Max und Jeanette nichts an. Die beiden reagierten natürlich trotzdem bestürzt. Garett zählte insgesamt elf mitleidvolle „Oh, du arme Maus". Doch als das junge Paar dann vernahm, dass ihr Baby sozusagen der Glücksbringer für die Nachbarn aus dem Erdgeschoss gewesen war, freuten sie sich unbändig.

„Oh, das ist soo toll!", jubelte Jeanette verzückt und klatschte in die Hände. „Ist es nicht so, Max?" „Yeah, Baby." Ihr Mann zwinkerte Garett zweideutig zu. „Und, wann ist die Hochzeit?"

Hochzeit?

Garett verschluckte sich fast bei dieser unglaublichen Frage. Natürlich war es sein Traum, dass Constanze und er irgendwann heirateten, aber sie waren erst seit einem Tag zusammen. EINEM! Er blickte zu ihr und sah, dass sie ebenso baff war wie er. Doch dann erschien auf einmal ein spitzbübisches Funkeln in ihren dunklen Augen. „Oh, darüber haben wir noch nicht geredet, aber ihr seid die ersten, denen wir es verraten werden, versprochen", sagte sie mit zuckersüßer Kleinmädchenstimme, lehnte den Kopf an seine Schulter und schmachtete ihn übertrieben an. „Ist es nicht so, Darling?"

„Ja", stieß Garett aus und verbarg hastig sein Gesicht in ihrem Haar, um sein belustigtes Grinsen zu verbergen.

„Oh, sind die zwei nicht süß?" Jeanette kicherte albern. „Und das in dem Alter."

In dem Alter?

Damned, das war zu viel. Es kostete Garett alle Kraft, nicht loszuprusten. Sie mussten gehen, sofort, sonst würde er explodieren. Und Constanze ebenfalls; er spürte, wie auch sie vor unterdrücktem Lachen zitterte. Aber wie sollten sie es in diesem Zustand bloß schaffen, sich anständig zu verabschieden?

Da blitzte plötzlich eine Idee in ihm auf. Zugegeben, sie war nicht sehr originell, doch der Zweck heiligte die Mittel. Hauptsache, sie kamen hier raus.

„Oh nein, ich habe vergessen, den Herd auszuschalten!"

Garett sprang abrupt auf und warf Max und Jeanette einen gespielt panischen Blick zu. „Tut mir Leid, wir sehen uns, ja?" Er rannte zur Türe und rief, ohne sich umzusehen: „Komm schnell, Darling." Sekunden später flitzte er die Treppe herunter, zwei Stufen auf einmal nehmend. Constanze, dicht hinter ihm, tat dasselbe und als sie unten ankamen, schloss er in Windeseile sein Appartement auf und sie konnten endlich loslachen.

Sie lachten minutenlang; die Tränen liefen ihnen nur so über ihre Gesichter und vermischten sich, als sie sich küssten.

„Mein Gott, die zwei sind wirklich unglaublich."

Constanze kramte glucksend eine Packung Taschentücher aus ihrer Handtasche und reichte ihm eines davon. „Zum Glück hattest du diesen grandiosen Einfall mit dem Herd." Garett wischte sein Gesicht trocken und grinste jungenhaft. „Ja, nicht übel für einen Mann in meinem Alter, oder?" „Absolut." Sie trat kichernd an den kleinen Spiegel, der in seinem Flur hing und verzog das Gesicht. „Von wegen wasserfest", murmelte sie kopfschüttelnd, entfernte sorgfältig die dunklen Spuren ihres verlaufenen Mascaras und tuschte ihre

Wimpern mit flinker Hand neu. Dann ordnete sie mit den Fingern ihre leicht zerzausten Haare und zupfte ihre Jacke zurecht. Typisch weibliche Gesten, die Garett schon oft beobachtet hatte. Bei seiner Mum, Schulkameradinnen, Rebecca oder Arbeitskolleginnen. Dennoch wurde ihm auf einmal siedeheiß. Sein Blut brodelte wie glühende Lava durch seine Adern.

„So, jetzt können wir."

Constanze marschierte zur Türe. „Mann, hab ich einen Hunger."

Den hatte er auch, allerdings nicht bloß auf feste Nahrung. Garett war heilfroh, dass sie voranging und deshalb nicht bemerkte, dass er krampfhaft gegen seine Lust ankämpfte. Sein gesamter Körper gierte schon wieder nach hemmungslos wildem Sex.

Reiß dich zusammen, Parker!

Mit trockenem Mund folgte er Constanze langsam nach draußen. Damned, es würde nicht leicht werden, zu warten.

Ihr erstes gemeinsames Frühstück!

Vor weniger als zwei Wochen war Garett davon überzeugt gewesen, noch tausende Meilen von diesem Wunschtraum entfernt zu sein. Und nun saß Constanze hier, ihm gegenüber.

Er nahm einen Schluck Kaffee und musterte sie mit zärtlichem Blick über den Tassenrand hinweg. Sie bestrich gerade ihr zweites Mohnbrötchen dick mit Butter, legte zwei Scheiben Schinken darauf und biss genussvoll hinein. Wie er inzwischen von ihr wusste, aß sie unter der Woche morgens meist nur Müsli oder Obst, liebte es aber am Wochenende ausführlich zu frühstücken und das deftig. Süßes wie Donuts oder Pancakes mit Ahornsirup, die Rebecca so gern gegessen hatte, waren überhaupt nicht ihr Fall. Aber er wollte jetzt nicht an Becky denken. Bei aller Liebe für sie, und ein Teil von ihm würde sie immer lieben, gehörte sie doch in seine Vergangenheit und die war endgültig vorüber. Jetzt liebte er Constanze. Auf andere Weise, aber ebenso stark. Sie war eine einzigartige und wundervolle

Frau, die es verdient hatte, dass er sich uneingeschränkt, mit ganzem Herzen auf sie konzentrierte.

„Esse ich noch eins oder nicht?"

Constanze schaute auf die Brötchentüte und krauste die Nase. Garett schmunzelte. Er liebte es, wenn sie das tat. „Nein", sagte sie dann entschieden und blickte zu ihm. „Ich rufe jetzt erst mal meine Eltern an, okay?"

„Tu das", entgegnete er gelassener, als ihm zumute war.

Während ihres Altstadtbummels gestern Abend, hatten sie beschlossen, heute ihre Familien einzuweihen. Wie seine Mum reagieren würde, stand schon fest. Sheila Parker flippte garantiert aus vor Freude. Aber ob Eberhard und Christel Vogel es auch taten? Und was würden die brüderlichen Bodyguards sagen? Gewiss, dank Constanze wussten sie alle längst, dass er gänzlich anders als Kilian war und sie war auch felsenfest davon überzeugt, dass ihre gesamte Familie ihn problemlos akzeptieren würde. Garett hätte ihr gern vorbehaltlos geglaubt, aber insgeheim plagten ihn trotzdem Zweifel. Was, wenn sie sich doch irrte und er erneut auf eisige Ablehnung stoßen würde, so wie damals bei Rebeccas Familie? Das könnte er nur schwer ein zweites Mal ertragen.

„Hallo Mama, ich bin's", begrüßte Constanze ihre Mutter fröhlich. „Geht's euch gut?" Christel Vogel gab eine kurze Antwort und stellte dann anscheinend die Gegenfrage, denn Constanze entgegnete: „Ja, sogar hervorragend!" Sie lachte glücklich und schaute ihm zärtlich in die Augen bei ihren nächsten Worten. „Ich bin nämlich wahnsinnig verliebt in meinen neuen Freund." Sie lauschte kurz, dann lachte sie erneut und sagte in sanftem Tonfall: „Nein, ich kenne ihn schon eine Weile. Es ist Garett, mein Nachbar, von dem ich euch erzählt habe. Wir sind seit vorgestern zusammen." Die Reaktion ihrer Mutter war offensichtlich positiv, denn sie hob grinsend den Daumen und deutete einen Kuss an.

Garett entspannte sich daraufhin merklich und plötzlich wurde ihm bewusst, dass er mal wieder in die Zweifelfalle getappt war. Weil er es zugelassen hatte, dass dunkle Schatten aus seiner Vergangenheit in ihm Angst vor der Zukunft auslösten. *Damned, Parker!*

Constanze sprach inzwischen mit ihrem Vater und hörte diesem mit gerunzelter Stirn zu.

„Das verstehe ich schon, Papa, aber ich weiß nicht, ob ihm das Recht ist. Warte kurz." Sie warf Garett einen fragenden und leicht sorgenvollen Blick zu. „Meine Eltern würden dich gern kennenlernen. Wäre es okay für dich, wenn wir am Nachmittag mal bei ihnen vorbeischauen?"

Du musst nicht ja sagen, wenn dir das zu schnell geht.

Glasklar las Garett das in ihren Augen und fand es fair von ihr, doch er konnte den Wunsch ihrer Eltern nachvollziehen. Es war logisch, dass diese neugierig auf den Mann waren, der das verschlossene Herz ihrer geliebten Tochter erobert hatte. Außerdem würde er Constanze heute Abend ja auch seiner Mum vorstellen, zumindest via Skype. „Ja, sicher", erwiderte er deshalb ruhig.

Sie lächelte erfreut und verabredete mit ihrem Vater, dass sie um halb vier da sein würden. „Bis nachher also." Constanze legte das Smartphone beiseite. „Sie waren beide ziemlich erstaunt, freuen sich aber und sind sehr gespannt auf dich. Danke, dass du zugestimmt hast, hinzufahren." Sie umrundete den Tisch und belohnte seine bereitwillige Zusage mit einem inbrünstigen Kuss, den Garett ebenso erwiderte.

Anschließend räumten sie gemeinsam den Tisch ab und spülten das Geschirr.

„Wärst du böse, wenn ich eine Weile zu mir rübergehe?" fragte Constanze, nachdem sie fertig waren. „Ich möchte Anke endlich den versprochenen Bericht liefern. Sie wartet bestimmt ungeduldig auf meinen Anruf." „Das kann ich mir denken, aber du kannst doch auch hier mit ihr telefonieren", sagte Garett verwundert. „Es stört mich nicht." „Das sagst du jetzt, aber ich glaube nicht, dass du unserem Gekicher zuhören willst", bemerkte Constanze trocken.

Okay, damit hatte sie vermutlich Recht und überdies kapierte er, leicht verspätet, dass sie wohl lieber in Ruhe mit ihrer besten Freundin reden wollte.

„In Ordnung." Garett küsste sie zärtlich. „Aber bleib bitte nicht allzu lange weg, sonst vergehe ich vor Sehnsucht."

„Höchstens eine Stunde, versprochen."

Also mindestens zwei, dachte er nüchtern, während er die Türe hinter ihr schloss. Schließlich war er kein naiver Teenager mehr, sondern ein erfahrener Ehemann. Wenn Frauen sich erst mal in Fahrt redeten, konnte das ewig dauern; besonders, wenn es um Liebesthemen ging.

Doch Constanze überraschte ihn.

„Da bist du ja schon wieder!", rief Garett hoch erfreut aus, als sie nur fünfzig Minuten später bei ihm klingelte.

„Ja, ich hab dir doch versprochen, höchstens eine Stunde."

Constanze runzelte irritiert die Stirn. Garett hätte ihr jetzt erklären können, dass er mit Rebecca ganz andere Erfahrungen diesbezüglich gemacht hatte, doch das verkniff er sich. Sie sollte niemals das Gefühl haben, dass er sie mit seiner verstorbenen Frau verglich. Egal, ob negativ oder positiv.

„Ja, ich weiß", sagte er deshalb nur und zog sie stürmisch in seine Arme. „Küss mich."

Um kurz vor Drei verließen sie das Haus und fuhren los in Richtung Leverkusen. Es herrschte sehr reger Verkehr auf der Autobahn. Constanze musste sich deshalb sehr konzentrieren und schwieg. Garett blickte aus dem Fenster und dachte darüber nach, was sie ihm über ihre Eltern erzählt hatte.

Eberhard Vogel war 62 und pensionierter Eisenbahner. Ein begeisterter Schachspieler, der auf den ersten Blick bärbeißig wirkte, laut Constanze jedoch weichherzig und liebevoll war. „Lass dich also bloß nicht von seinem grimmigen Blick verunsichern", hatte sie zu Garett gesagt. Christel Vogel, eine ehemalige Krankenschwester, war zwei Jahre älter als ihr Mann. Ihre Kinder hatten die beiden mit liebevoller Strenge erzogen und darauf geachtet, stets alle gleich zu behandeln. Constanze, das lang ersehnte Mädchen nach den drei Söhnen, war deswegen auch kein verwöhntes Nesthäkchen gewesen. Trotzdem besaß sie natürlich einen besonderen Platz in ihren Herzen. Umso härter hatte es Eberhard und Christel Vogel getroffen, als ausgerechnet sie sich trotzig von der Familie abwandte. Wegen einem Mann, der ihre Tochter garantiert verletzen würde, das ahnten die Eltern. Und genauso war es gekommen; auf eine Art und Weise, die ihre schlimmsten Befürchtungen noch überstieg.

Garett schaute hinüber zu Constanze, die soeben einen Lkw überholte und schluckte hart. Sie hatte ihm am Donnerstag im Laufe ihres Gesprächsmarathons den Rest ihrer Geschichte erzählt. Wie die größte Krise ihres Lebens trotz allem etwas Gutes bewirkt hatte: Die Aussöhnung mit der Familie. Denn als sie damals nach der Narkose wieder das Bewusstsein erlangt hatte, wurde ihr jäh bewusst, wie töricht und falsch ihr Stolz gewesen war. Und so hatte sie das einzig Richtige getan und zuhause angerufen. Ihre tief erschütterten Eltern eilten unverzüglich in die Klinik und blieben abwechselnd an ihrer Seite, bis sie zwei Tage später entlassen wurde. Nach Hause, wo sie hingehörte. Die brüderlichen Bodyguards hatten unterdessen ihre persönlichen Sachen aus der Wohnung von Kilian geholt. Dass sie dem feigen Womanizer dabei eindrücklich klarmachten, dass niemand ungestraft ihre kleine Schwester verletzte, war Ehrensache. Was genau sie mit ihm angestellt hatten, behielten die drei jedoch bis heute für sich.

Garett war es eiskalt den Rücken heruntergelaufen, als Constanze das erzählt hatte und auch jetzt bekam er wieder eine Gänsehaut. Er erinnerte sich nur zu gut daran, wie wütend ihre Brüder auf ihn gewesen waren und er hatte Constanze ja „nur" kindisch provoziert. Er wollte sich gar nicht ausmalen, mit welchem Zorn sie auf Kilian losgegangen waren. Mitleid mit diesem verspürte er freilich nicht. Bloß mit Constanze, denn die erste Zeit nach der Fehlgeburt war extrem hart für sie gewesen. Das einst so lebenslustige Feierbiest fiel in eine schwere Trauerdepression, benötigte psychologische Hilfe und musste entsprechende Medikamente einnehmen. Fast alle aus ihrer Freundesclique konnten mit dieser Veränderung nicht umgehen und wandten sich von ihr ab. Allein Anke blieb übrig und seither war die Freundschaft zwischen ihnen unerschütterlich. Ihre Eltern und Brüder umsorgten Constanze in jenen dunklen Wochen und Monaten liebevoll. Nie kam auch nur der leiseste Vorwurf über ihre Lippen. Und dann war irgendwann der Tag gekommen, an dem sie zum ersten Mal wieder lächeln konnte. Langsam, aber stetig war Constanze Vogel von da an ins Leben zurückgekehrt.

So, wie es auch ihm nach dem Tod von Rebecca ergangen war. Garett blinzelte mit feuchten Augen, denn sie fuhren jetzt über den Rhein und sein Blick fiel auf das gegenüberliegende Ufer. Was für ein passendes Sinnbild! Ihre grausamen Schicksalsschläge hatten sowohl bei ihm wie auch bei Constanze tiefe Narben hinterlassen, aber letztendlich war es ihnen beiden gelungen, die schmerzhafte Vergangenheit zu überwinden. Genau wie seine Mum und Scott waren sie sinnbildlich ins Wasser gesprungen und nun gemeinsam unterwegs zu neuen Ufern.

Kapitel 15

Eberhard Vogel, groß und breitschultrig, schaute wirklich beunruhigend bärbeißig drein. Garett war heilfroh, dass Constanze ihn vorgewarnt hatte, sonst wäre er vermutlich nicht aus dem Auto gestiegen. Sein Herz klopfte nervös, während sie händchenhaltend auf ihre Eltern zugingen, die genau in dem Moment die Türe geöffnet hatten, als sie vor dem Reihenhaus vorgefahren waren. Doch dann lächelte ihr Vater und sogleich wusste er, dass Constanze die Wahrheit gesagt hatte.

„Hallo, mein Mädchen."

Eberhard Vogel umarmte seine Tochter und streckte Garett dann seine riesige Pranke entgegen. „Herzlich Willkommen, Mr. Parker." Seine Stimme war tief und warm. „Es freut mich sehr, Sie kennen zu lernen." „Und mich erst", sagte seine Frau charmant lächelnd und drückte ihm ebenfalls die Hand. Sie war sehr schlank und besaß dieselben dunkelbraunen Augen wie Constanze.

„Vielen Dank." Garett war überwältigt. Heaven, mit einer derart herzlichen Begrüßung hatte er nicht gerechnet. Erst jetzt merkte er, dass er insgeheim befürchtet hatte, sie würden ihn skeptisch mustern, wegen der vermaledeiten Ähnlichkeit mit Kilian. Doch keine Spur davon. Sie sahen ihn zwar neugierig an, logisch, aber es war eine liebenswerte Neugier. „Ich freue mich auch", sagte er etwas heiser. „Constanze hat mir viel von Ihnen erzählt."

„Hoffentlich nur Gutes, Mädchen", sagte ihr Vater mit gespielter Strenge und grinste, als sie ihm lautstark zuflüsterte: „Keine Sorge, deine Leichen im Keller habe ich bislang verschwiegen. Ich wollte ihn nicht erschrecken." Ihre Mutter lachte daraufhin heiter und hakte sich zwanglos bei Garett unter. „Kommen Sie, Mr. Parker, der Kaffee wartet."

Kurz darauf saßen sie zu viert am Wohnzimmertisch.

Christel Vogel hatte einen Schokoladenkuchen gebacken, dessen köstlicher Duft den ganzen Raum erfüllte. Garett konnte sich ein begeistertes Lächeln nicht verkneifen, als sie ihm ein riesiges Stück davon auf den Teller legte. „Sie lieben anscheinend Kuchen", meinte sie schmunzelnd. „Milch und Zucker für den Kaffee?"

„Nein danke, ich trinke schwarz."

„Genau wie ich", sagte Constanze und küsste ihn kurz.

„Interessant, aber ich nehme nicht an, dass du dich deshalb in ihn verliebt hast", bemerkte ihr Vater trocken. „Mr. Parker, ich sag Ihnen ehrlich, dass wir mächtig überrascht darüber sind." Constanze habe zwar ab und zu von ihm erzählt, aber dass sie tiefere Gefühle für ihn entwickeln könnte, war ihnen nie in den Sinn gekommen. Einfach deshalb, weil sie deren Angst vor einer neuen Beziehung kannten. „Aber die hat sie offenbar endlich überwunden und das ist wunderbar." Eberhard Vogel warf seiner Tochter einen innigen Blick zu, der Garett tief berührte. Bedingungslose Liebe lag darin.

„Ja, das ist es", bestätigte ihre Mutter freudestrahlend. „Aber nun erzählt, wir sind so neugierig, wann und wie es zwischen euch gefunkt hat."

In den darauffolgenden zwei Stunden musste Garett einige Male an seinen Antrittsbesuch bei Rebeccas Eltern zurückdenken. An den eisig höflichen Smalltalk, die arroganten Blicke und die verletzenden Worte, die ihm sein Ex-Schwiegervater offen ins Gesicht geschleudert hatte, als Becky für kurze Zeit den Raum verlassen hatte. *„Wir werden keinen verdammten Yankee in unserer Familie dulden, also lassen Sie die Finger von unserer Tochter."*

Welch ein Unterschied zu heute.

Constanzes Eltern freuten sich unbändig, dass ihre Tochter und er jetzt ein Paar waren. Sie plauderten unverkrampft mit ihm, hörten aufmerksam zu und spätestens, als sie ihm das „Du" anboten, wurde Garett endgültig klar, dass sie von ihm ebenso angetan waren, wie er von ihnen. Immer wieder durchrieselte es ihn warm. Was für zwei angenehm offene, herzliche Menschen! Es tat ihm aufrichtig leid, als Constanze und er sich um halb sechs von ihnen verabschieden mussten. Andererseits fieberte er dem Telefonat mit seiner Mutter entgegen. Er hatte ihr bereits am Morgen eine WhatsApp geschickt, dass er sich gegen 18 Uhr melden würde. Aus welch herrlichem Grund hatte er allerdings verschwiegen, denn er wollte unbedingt ihr Gesicht sehen, wenn sie die Neuigkeit erfuhr.

„Auf Wiedersehen, Garett."

Eberhard schüttelte ihm kräftig die Hand und legte dann seine Pranke auf seine Schulter. „Kommt bitte recht bald wieder vorbei."

„Ganz bestimmt", versprach Garett lächelnd und wandte sich an Christel. „Danke für den Kuchen, er war soo lecker."

„Ach, er hat dir geschmeckt? Ist mir gar nicht aufgefallen, du hast doch bloß vier riesige Stücke davon vertilgt", stichelte Constanze hinter seinem Rücken.

„Hör nicht auf sie." Christel kicherte. Sie hatte sich köstlich darüber amüsiert, wie fassungslos ihre Tochter darüber gewesen war. Garett zwinkerte ihr zu und drehte sich um.

„Aber Darling, ich habe das doch nur für dich getan", sagte er mit Unschuldsmiene. Constanze hob daraufhin skeptisch die Augenbrauen. „Inwiefern?" „Na, du magst doch bestimmt Küsse, die nach Schokolade schmecken", antwortete er grinsend. „So, glaubst du?", gab sie schnippisch zurück, verbiss sich jedoch nur mit Mühe das Lachen. Ihre Augen funkelten vergnügt. „Ja, aber wenn ich mich geirrt habe, sag es ruhig." Garett zuckte gespielt gleichgültig mit den Schultern. „Es macht mir nichts aus, dich den ganzen Tag nicht mehr zu küssen."

„Lügner."

Constanze klang mit einem Mal ganz sanft und lächelte ihn zärtlich an. Ihre Eltern, die den Schlagabtausch bis jetzt erheitert verfolgt hatten, reagierten sofort. Nach einem letzten kurzen Wink zu Garett verschwanden sie diskret ins Haus. Heaven, die beiden waren wirklich großartig.

„Also gut, ich gebe es zu", flüsterte Constanze, als sie die Arme um ihn schlang. „Ich liebe Schokoladenküsse."

„Wusste ich es doch", raunte Garett zufrieden und senkte seinen Mund auf ihren.

Eine gute halbe Stunde später saß er vor seinem Laptop und aktivierte die Webcam.

„Bist du bereit?"

Garett schaute zu Constanze, die ihm gegenüber saß. Sie nickte und lächelte nervös, obwohl es dafür eigentlich keinen Grund gab. Sie wusste ja, wie sehr seine Mutter auf ein Happyend zwischen ihnen hin fieberte. Trotzdem verstand Garett sie auch; er war selber aufgeregt.

„Okay."

Er holte tief Luft und rief in Portland an. „Guten Morgen, Mum."

„Guten Morgen, beziehungsweise guten Abend!", rief Sheila Parker fröhlich. „Gibt's was Neues von Constanze?"

Garett hatte erwartet, dass sie sofort danach fragen würde. Sie und Scott, der ihm aus dem Hintergrund zuwinkte, waren total begeistert gewesen, als er ihnen am vergangenen Sonntag von der erfolgreichen Buchaktion erzählt hatte. Noch völlig ahnungslos, WIE erfolgreich, dank Anke.

„Ja, wartet kurz", antwortete er knapp. Er stand auf, umrundete den Tisch und setzte sich neben Constanze. Ein liebevoll aufmunternder Kuss, dann drehte er den Laptop um 180 Grad. „Hier ist sie, die neue Frau in meinem Leben", verkündete er mit einem glückstrahlenden Lächeln. „Constanze, dies sind meine Mutter und ihr Partner Scott Taylor."

„Hallo."

Constanze winkte ein wenig verlegen in die Kamera.

Einen ewig langen Moment schauten Scott und seine Mum sie wie vom Donner gerührt an, dann jubelten sie los.

„Oh my God!", kreischte Sheila Parker wie ein junges Mädchen und schlug die Hände an die Wangen. „Darling, welch eine Freude!" Ihre grauen Augen strahlen selig.

„Herzlichen Glückwunsch, ihr zwei!", dröhnte Scott gleichzeitig breit grinsend. „Das ging ja schneller als erhofft!"

„Ja, wir…", sagte Garett, doch seine Mutter unterbrach ihn. „Ich bin unendlich glücklich, dich kennen zu lernen", sagte sie freudestrahlend zu Constanze. „Am liebsten würde ich durch die Kamera klettern und dich umarmen."

„Das kann ich gern übernehmen", warf Garett lachend ein, zog Constanze an sich und küsste sie kurz.

Dann begannen sie abwechselnd zu erzählen.

Garett kannte seine Mum seit fast 35 Jahren und grundsätzlich würde er behaupten, dass sie eine pragmatische Frau war. Keine, die allzu nahe am Wasser gebaut hatte. Diesen Eindruck musste er jedoch in den nächsten zwanzig Minuten gründlich revidieren. Eberhard und Christel waren schon sehr ergriffen gewesen, aber das war nicht gegen Sheila Parker. Sie verbrauchte etliche Taschentücher, besonders als sie von der Fehlgeburt erfuhr und als Garett am Ende schilderte, wie Constanze ihm ihre Gefühle offenbart und sie sich das erste Mal geküsst hatten, brachen bei ihr alle Dämme. „Entschuldigt, aber ich freue mich einfach so wahninnig für euch", stieß sie schluchzend hervor. „Wenn es je zwei Menschen gegeben hat, die eine neue Liebe verdienen, dann seid ihr beide es."

Sie derart aufgelöst zu erleben, berührte Garett zutiefst. Seine Augen wurden feucht und als er sah, dass jetzt auch bei Constanze die Tränen kullerten, ließ er seinen Gefühlen ebenfalls freien Lauf.

Einzig Scott benötigte kein Taschentuch. Der Partner seiner Mutter hatte sich inzwischen neben diese gesetzt und wartete gelassen lächelnd ab, bis sie sich alle wieder beruhigten.

Anschließend berichteten Garett und Constanze über den Besuch bei deren Eltern.

„Ach Darling, wie wunderbar."

Sheila Parker war erneut sehr gerührt, als sie vernahm, wie herzlich ihr Sohn in Leverkusen empfangen worden war. Es hatte sie immer geschmerzt und schrecklich wütend gemacht, dass seine arroganten Ex-Schwiegereltern ihn abgelehnt hatten.

„Ja, das ist wirklich großartig", äußerte sich Scott zu Wort. „Tja, Garett, deine Okapi-Liste kannst du ja jetzt wohl löschen."

„Seine was?"

Constanze blickte verblüfft von ihm zu Garett, dem blitzartig heiß wurde. Damned, wieso hatte Scott ausgerechnet dieses Thema angesprochen? Sie hatten über so vieles geredet in den letzten Tagen, aber die Liste hatte er ihr absichtlich verschwiegen, da er unsicher war, wie sie darauf reagieren würde. Bestimmt fand sie das kindisch. „Ähm, das erkläre ich dir nachher", sagte er verlegen. Wenn er es ihr schon sagen musste, wollte er das nur unter vier Augen tun.

„Entschuldige, ich dachte, du hättest ihr schon davon erzählt."

Scott schaute ihn verwirrt und etwas schuldbewusst an. Er hatte offenbar gemerkt, wie unangenehm ihm die Situation war.

„Nein, hat er nicht", sagte Constanze gedehnt und musterte Garett durchdringend. „Und ich bin sehr neugierig, was du mir da verschwiegen hast."

„Es wird dir bestimmt gefallen", mischte sich seine Mutter lachend ein. „Dann beenden wir unser Gespräch jetzt am besten, damit mein Sohn dich aufklären kann. Bis demnächst ihr zwei, ich hab euch sehr lieb." Sie zwinkerte Garett aufmunternd zu und die Kamera wurde dunkel.

„So, Mr. Parker, heraus mit der Sprache."

Constanze verlor keine Zeit. Sie legte ihre Hände auf seine Schultern und sah ihn herausfordernd an. „Was ist das mit dieser Okapi-Liste?"

Garett räusperte sich. Da er nicht recht wusste, wie er anfangen sollte, versuchte er es mit einem Ablenkungsmanöver. „Willst du nicht zuerst deine Brüder informieren?", fragte er, denn dies hatte sie eigentlich vorgehabt nach dem Telefonat mit seiner Mutter. „Nein, das kann warten", erklärte Constanze forsch. „Jetzt bist du erst dran." „Aber ich bin schrecklich neugierig, was sie dazu sagen werden!", protestierte Garett wahrheitsgemäß. „Du doch bestimmt auch."

„Hör sofort auf, mir auszuweichen!"

Constanze schüttelte jetzt lachend seine Schultern, aber ihr funkelnder Blick signalisierte ihm, dass sie keine weiteren Ausflüchte mehr dulden würde.

„Okay", seufzte er resigniert. „Erinnerst du dich an unser Gespräch draußen auf der Terrasse, als du mir den Schokopudding gegeben hast?" Als sie nickte, berichtete er, wie er im Anschluss daran auf die Idee gekommen war, eine Liste mit Fragen zu verfassen. Dann rief er die Datei auf und zeigte sie ihr. „Ich weiß, es ist kindisch, aber..." „Quatsch, ist es ganz und gar nicht", unterbrach ihn Constanze energisch. „Hast du etwa geglaubt, ich würde das denken und mir deshalb nichts davon gesagt?"

Garett nickte peinlich berührt.

„Dummkopf, das war doch eine gute Idee!"

Constanze schüttelte belustigt den Kopf und wollte dann wissen, wieso er die Liste mit Okapi anstatt mit ihrem Namen betitelt hatte. „Ist das dein Lieblingstier?"

„Nein, aber es erinnert mich an dich", erwiderte er und umfasste mit beiden Händen ihr Gesicht. „Es ist außergewöhnlich, geheimnisvoll und besitzt wunderschöne dunkle Augen." Zärtlich liebkoste er mit dem linken Daumen ihren Mund und fügte mit einem rauen Flüstern hinzu: „Genau wie du. Ich liebe dich."

„Und ich dich", erwiderte sie ebenso leise. „So sehr, dass es fast weh tut, Garett."

Constanze schloss für einen Moment die Augen und als sie ihn wieder ansah, stockte ihm der Atem. Sie sagte kein Wort, doch das war unnötig. Er und sie hatten einander immer schon von den Augen ablesen können und in ihren lag nun hungrige Leidenschaft und eine unmissverständliche Einladung.

HEAVEN!!

Innerhalb eines Sekundenbruchteils stand sein gesamter Körper in Flammen. „Bist du dir ganz sicher?", fragte Garett dennoch, mit krächzender Stimme. Sie lächelte bloß, aber das dermaßen verführerisch, dass er sie laut aufstöhnend an sich riss. Ein kurzer heißblütiger Kuss, dann gab es kein Halten mehr.

Viele Stunden später lagen sie engumschlungen da; gänzlich erschöpft und selig befriedigt. Es war grandios gewesen. Einfach grandios.

„Morgen habe ich garantiert Muskelkater", murmelte Constanze, schon halb im Schlaf.

„Ich auch Darling, ich auch."

Garett lachte leise, zog sie noch enger an sich und schloss die Augen.

Kapitel 16

Glückshormone beeinflussten offenbar das Zeitgefühl.

Anders konnte Garett es sich nicht erklären, dass die folgenden Wochen nur so dahinschwanden. Nahezu ungetrübt, bis auf den siebten November, an dem Constanze mit ihren Erinnerungen zu kämpfen hatte. Sie weinte zwar nicht, war aber sehr schweigsam und wollte zum ersten Mal seit sie intim miteinander waren, den Abend und die Nacht allein verbringen. Das zu akzeptieren, fiel ihm sehr schwer. Nicht etwa, weil er unbedingt Sex mit ihr haben wollte. Gott bewahre, nein, das hätte er heute niemals von ihr verlangt, so grandios dieser auch war. Aber es tat weh, dass sie seinen Trost ablehnte. Bedrückt saß Garett einsam vor seinem Fernseher, bekam allerdings kaum mit, was er sah. Seine Gedanken waren permanent im Appartement nebenan. Um elf machte er niedergeschlagen das Licht aus und knipste es sofort wieder an, denn es hatte geklingelt.

Constanze!

Er rannte fast zur Türe.

„Kann ich bei dir schlafen?", fragte sie mit dünner Stimme. Ihre Augen waren gerötet. Garett nahm sie wortlos in den Arm und hielt sie fest, bis sie eingeschlafen war.

Doch abgesehen von diesem einen Tag, gab es in ganz Köln bestimmt kein Paar, das glücklicher war, als sie beide. Nach der jahrelangen Einsamkeit wieder lieben zu können und geliebt zu werden, seelisch und körperlich, war ein unbeschreibliches Gefühl.

Und fast alle freuten sich rückhaltlos mit ihnen.

„Ist das ein Witz, der Ami und du, echt jetzt?!", hatte ihr Lieblingsbruder Clemens lachend ins Telefon gebrüllt, als Constanze es ihm mitgeteilt hatte. „Wie cool, wer hätte das anfangs gedacht?"

Cornelius und Chris reagierten genauso positiv und als sie sich am ersten Advent alle bei Christel und Eberhard trafen, wurde Garett von den brüderlichen Bodyguards so freundschaftlich begrüßt, als hätte es die brenzlige Szene zwischen ihnen damals im Hausflur nie gegeben. Aber sie kam natürlich zur Sprache und sorgte im Nachhinein für schallendes Gelächter.

Auch die meisten seiner Kollegen gönnten Garett sein neues Glück. Nur einer tat sich schwer damit. Die Verlobte von Moritz hatte dem jungen Informatiker Mitte November überraschend den Laufpass gegeben. Seither lief dieser mit verbitterter Miene umher und war sichtlich neidisch auf seinen verliebten Teamleiter.

Nicht neidisch, sondern regelrecht sauer war dagegen die ältere Dame, die im ersten Stock neben den Krügers wohnte. Sie durchbohrte Garett und Constanze jedes Mal mit giftigen Blicken, wenn sie ihnen begegnete. Kein Wunder, ihr Appartement lag über dem von Constanze und da deren Bett größer war als seines, liebten sie sich meistens dort. Somit musste die arme Frau nun gleich von zwei Paaren leidenschaftliches Stöhnen ertragen. Garett hätte ihr Ohrstöpsel empfehlen können, ließ es jedoch sein. Wenn sie nicht von alleine darauf kam, war sie selbst schuld an ihren schlaflosen Nächten, oder?

Ab dem dritten Januar erhielt die geplagte Nachbarin jedoch zumindest von ihnen eine Verschnaufpause, denn da flogen Constanze und er für zwei Wochen in die Staaten. Zunächst verbrachten sie zehn unbeschreiblich wundervolle Tage in Portland und fuhren anschließend mit einem Leihwagen nach Seattle.

„Warum hältst du an?"

Constanze blickte verwundert zu ihm, als er den Wagen an den Straßenrand lenkte. „Hast du dich verfahren?"

Garett schüttelte stumm den Kopf. Er wusste genau, wo sie sich befanden, schließlich hatte er jahrelang in dieser Stadt gelebt. Nein, sein Problem war ein anderes. In Portland hatten sie meistens spontan entschieden, was sie tun wollten. Da sie hier in Seattle aber nur drei Tage blieben, hatten sie diese im Vorfeld durchgeplant und es war sein Wunsch gewesen, bei ihrer Ankunft zuallererst ans Grab zu gehen. Constanze war damit einverstanden, aber jetzt fragte er sich, ob das nicht zu viel von ihr verlangt war. Der Abschied von seiner Mum und Scott vorhin war schon extrem emotional gewesen und sie wirkte angespannt. Vielleicht sollte er doch zuerst das Hotel ansteuern, in dem sie ihr Zimmer reserviert hatten. Zum Friedhof konnten sie auch morgen noch gehen.

„Garett, es ist okay für mich, also fahr hin."

Constanze klang ganz sanft, dennoch zuckte er heftig zusammen. *Heaven!*

Aber wieso war er eigentlich überrascht? Er wusste doch, dass die neue Frau an seiner Seite über eine enorm innere Stärke verfügte, die ihr half, schwierige oder schmerzhafte Situationen zu meistern. Garett wandte den Kopf und schaute in ihre mitfühlend schimmernden Augen. „Danke", sagte er schlicht. Dann setzte er den Blinker und fädelte sich wieder in den Verkehr ein.

Kurze Zeit darauf erreichten sie den Parkplatz am Friedhof. Der Kies knirschte unter ihren Füßen, während sie schweigend durch die Gräberreihen gingen.

„Hier ist es."

Beim Anblick des vertrauten Grabsteins schoss für einen Moment der alte Schmerz in Garett hoch. Er stellte die rote Rose, die er unterwegs bei einem Blumenhändler gekauft hatte, in die schmale Vase und ignorierte dabei geflissentlich das Bukett dahinter. Seine Gedanken schweiften kurz zurück zu jenem furchtbaren Tag der Beerdigung und dann dachte er an seinen letzten Besuch hier. Wie felsenfest er damals überzeugt davon gewesen war, für den Rest seines Lebens allein zu bleiben. Eine neue Liebe? Undenkbar für ihn. Heute, knapp zehn Monate später, wusste er es besser.

Gedankenvoll betrachtete Garett die Inschrift unter Rebeccas Namen, die er damals mit den Fingern nachgezeichnet hatte. Auf ewig geliebt und unvergessen. Das stimmte nach wie vor. Die Erinnerungen an die wunderschönen Jahre mit ihr trug er unauslöschlich in sich. Doch die Zukunft gehörte ihm und Constanze.

Garett blickte zu ihr und bemerkte erschrocken die Tränen, die ihr über die Wangen kullerten. Damned, es war doch zu viel für sie. „Nicht Darling, bitte", murmelte er betroffen und umarmte sie. „Ach Garett, wie könnte ich nicht weinen", entgegnete sie schluchzend. „Obwohl du mir alles erzählt hast, ist ihr Tod erst jetzt real für mich und wie furchtbar es für dich gewesen sein muss."

Ja, das war es. So sehr, dass er auch hatte sterben wollen. Genau wie es Constanze ergangen war, nach dem Verlust ihres Babys. Aber sie hatten beide überlebt und sich gefunden.

„Es ist Vergangenheit", sagte Garett rau und schaute ein letztes Mal auf das Grab.

Ruhe in Frieden, Rebecca.

Dann hob er das Kinn von Constanze an und wischte ihr mit den Daumen sanft die Tränen weg. „Komm, lass uns gehen."

Schweigend, wie sie gekommen waren, gingen sie Hand in Hand zurück.

Nachdem sie im Hotel eingecheckt und ausgepackt hatten, verbrachten sie den restlichen Dienstag mit Sightseeing. Sie besichtigten die Space Needle, bummelten durch das Hafengelände und Downtown. Constanze, die sich zu seiner großen Erleichterung rasch wieder gefangen hatte, schoss begeistert ein Foto nach dem anderen und schickte sie an Anke. Ihre beste Freundin hatte sie gebeten, jede Menge Bilder zu senden, „damit ich so richtig neidisch auf euch werde". Das war natürlich nur im Scherz gemeint. Anke war ein großzügiger Mensch. Garett schätzte sie sehr.

Am Mittwoch bummelten Constanze und er stundenlang durch seinen geliebten Zoo. Danach gingen sie Essen und gönnten sich in der Hotelbar noch zwei Scotch, ehe sie auf ihr Zimmer gingen. Dort erfolgte dann der Höhepunkt des Tages. Im wahrsten Sinn des Wortes, und wie meistens blieb es nicht bei einem. Nach den langen Jahren der Enthaltsamkeit konnten sie beide gar nicht genug davon bekommen.

Der Donnerstag, ihr letzter Tag hier, begann mit einer herben Enttäuschung für Garett. Es war von vornherein klar gewesen, dass er mit Constanze auf jeden Fall kurz bei Blackwood Inc. vorbeischauen wollte. Allerdings hatte er ihren Besuch absichtlich nicht angekündigt, um seine ehemaligen Kollegen zu überraschen. Dieser Einfall stellte sich jedoch leider als Fehlentscheidung heraus.

Da er kein Mitarbeiter mehr war, mussten sie zuerst an der Pforte Besucherausweise beantragen.

„Tut mir leid, Sir", sagte der Pförtner, den Garett nicht kannte. „Dean Miller und sein Team sind heute auf einer Fortbildung."

„Das ist nicht ihr Ernst." Garett starrte den Mann fassungslos an. „Doch", antwortete dieser achselzuckend. „Kommen Sie doch einfach morgen nochmal vorbei." „Das geht leider nicht", entgegnete Garett tief enttäuscht. „Trotzdem, danke für die Auskunft."

„Hätte ich doch bloß vorher angerufen", murmelte er, als sie aus dem Gebäude traten. „Ich bin so ein Idiot."

„Nein, bist du nicht."

Constanze nahm seine Hand und zwang ihn, stehen zu bleiben. „Ich verstehe deine Enttäuschung ja, aber es ist nur ein blöder Zufall und deshalb sinnlos, dass du dich ärgerst", sagte sie forsch. „Woher hättest du das ahnen sollen?"

Garett seufzte tief. Sie hatte ja Recht. Trotzdem, er hatte sich so darauf gefreut, sie allen vorzustellen. Besonders Maureen. Die Assistentin war hin und weg gewesen, als er ihr geschrieben hatte, dass es wieder eine Frau in seinem Leben gab, die dafür sorgte, dass er täglich frühstückte.

„Wir sind doch nicht zum letzten Mal hier." Constanze küsste ihn sanft. „Beim nächsten Besuch klappt es bestimmt. Komm, fahren wir zurück ins Hotel, Mr. Parker." „Ins Hotel?" Garett sah sie irritiert an. „Ich dachte, wir wollten die letzten Mitbringsel besorgen, wenn wir hier fertig sind." Was ja leider schneller geschehen war, als gedacht. „Eigentlich schon, aber ich habe den Eindruck, du könntest ein bisschen Aufmunterung gebrauchen." Sie grinste und schmiegte sich verführerisch eng an ihn. „Was hältst du davon?" „Darling, das hört sich an wie eine verdammt gute Idee", gab er mit einem rauen Lachen zurück. Sein Missmut löste sich schlagartig in Luft auf. „Ich weiß allerdings nicht, ob uns vor dem Abflug dann noch genügend Zeit zum Einkaufen bleiben wird." „Nun, vielleicht sollten wir es einfach darauf ankommen lassen."

Es wurde äußerst knapp, doch sie schafften es.

Am Freitagmorgen landeten sie um kurz nach acht in Frankfurt. Als er ihre beiden Koffer vom Gepäckband nahm, musste Garett unweigerlich an seine erste Ankunft hier denken. Damals war er allein gekommen, hatte kaum ein Wort um sich herum verstanden. Alles war so fremd gewesen und er zweifelte noch stark daran, ob es ihm in Köln wirklich gefallen würde. Was für ein Unterschied zu heute! Diesmal war Constanze bei ihm. Er hatte die deutsche Sprache gelernt und freute sich unbändig auf Köln. Die Stadt, in der er seine neue Liebe gefunden hatte.

„Ich hol uns noch was zu trinken für die Fahrt", sagte Constanze auf dem Weg zum Fern-Bahnhof. „Wartest du hier?"

„Ich rühre mich nicht von der Stelle."

Garett küsste sie zärtlich und blickte ihr verliebt hinterher, als sie zu einem nahe gelegenen Kiosk spurtete. Seine Constanze! Sie hatte keine Ahnung, dass er auf dem Rückflug einen Entschluss gefasst hatte. In vier Wochen, an ihrem 28. Geburtstag, wollte er um ihre

Hand anhalten. Sein Herz klopfte heftig bei dem Gedanken, voller Vorfreude. Sie würde Ja sagen, dessen war er sich sicher.

Er seufzte glücklich.

Just in diesem Moment hastete einige Meter vor ihm ein blasiert dreinblickender, fetter Mann vorüber. „Beeilung, Beeilung, meine Herren", schnauzte er in arrogantem Befehlston. „Der Flieger wartet nicht." Eine große Gruppe von Anzugträgern hetzte ihm hinterher und Garett stockte jäh der Atem, als er den Mann erkannte, der ganz hinten lief.

Kilian!?

Obwohl der Name nicht über seine Lippen kam, schaute Kilian auf einmal in seine Richtung, als habe Garett ihn laut gerufen. Die grauen Augen des feigen Ex-Freundes seiner zukünftigen Frau weiteten sich schockiert. Er blieb abrupt stehen und starrte ihn an wie einen Geist. Augenblicklich sah Garett hinüber zu Constanze, die gerade bei dem Verkäufer des Kiosks ihre Bestellung aufgab. *Damned, hoffentlich dreht sie sich jetzt nicht um,* dachte er panisch, denn Kilian blickte nun ebenfalls zu ihr. Die Zeit blieb plötzlich stehen und sämtliche Geräusche um ihn herum verstummten. Es kam ihm vor wie eine Ewigkeit, dabei waren es sicherlich nur Sekunden, bis Kilian sich jäh abwandte und seiner Gruppe hinterher stürmte.

Wie vom Donner gerührt, blickte Garett ihm hinterher und wusste nicht, was größer war: Seine Erleichterung, dass Constanze die Szene nicht mitbekommen hatte oder seine Genugtuung, dass der neue Job von Kilian Klein eindeutig ein Fiasko war. Rooster hatte immens elend ausgesehen; das Gesicht bleich und aufgeschwemmt und wie seine Kollegen hatte er extrem gestresst gewirkt. Kein Wunder, bei einem solch ekelhaften Chef! *Selbst gewählt*, dachte Garett grimmig befriedigt, ohne einen Funken Mitleid. Er freute sich jetzt schon darauf, Hans-Gerd und Claudia davon zu erzählen. Auch die brüderlichen Bodyguards würde er darüber informieren. Auf deren

Verschwiegenheit konnte er sich verlassen, denn ihre Schwester, die soeben zurückkam, sollte nie davon erfahren.

„Da bin ich wieder."

Constanze steckte die zwei kleinen Flaschen Wasser, die sie gekauft hatte, in ihre Handtasche. Dabei summte sie fröhlich vor sich hin. Garett schluckte heftig. Heaven, er war unendlich dankbar, dass sie Kilian nicht gesehen hatte.

„Wollen wir?"

Sie griff nach ihrem Koffer und lächelte ihn zärtlich an.

„Ja", erwiderte er heiser und nahm ihre freie Hand fest in seine. „Lass uns nach Hause fahren, Darling."

Epilog

Gab es ein größeres Glück für einen Mann, als mit der geliebten Frau und dem bezauberndsten Kind der Welt am Frühstückstisch zu sitzen?

Für Garett Parker lautete die Antwort auf diese Frage unmissverständlich: Nein! Jahrelang war er davon überzeugt gewesen, dass ihm ein solches Glück für immer verwehrt bleiben würde. Weil er geglaubt hatte, seine Angst niemals überwinden zu können. Er hatte sich geirrt. Die Liebe war stärker gewesen.

„Bam, Da-Da!"

Cathy warf glucksend ihren Löffel zu Boden. Zum siebten Mal an diesem Morgen. Es war ihr Lieblingsspiel zurzeit. Garett bückte sich, wischte den Plastiklöffel an seiner Serviette ab und gab ihn seiner zehn Monate alten Tochter zurück; wohl wissend, dass er ihn spätestens in zwei, drei Minuten erneut aufheben musste. Doch das war ihm egal. Cathy Hope Parker war eine entzückende Miniatur-Ausgabe ihrer Mutter und wenn sie ihn so schelmisch anlächelte wie jetzt, schmolz er dahin.

„Sie wickelt dich schon perfekt um den kleinen Finger", sagte Constanze, die ihn amüsiert beobachtete, trocken. „Genau wie du, Mrs. Parker." Er beugte sich zu ihr hinüber und küsste sie innig. In wenigen Tagen würden sie ihren zweiten Hochzeitstag feiern und er liebte sie mehr denn je. „Bam, Da-Da!" Cathy klang triumphierend. Lachend löste er seine Lippen von Constanzes Mund und hob den Löffel erneut auf. „Okay, Honey, spielen wir weiter."

Nach dem Frühstück begleiteten ihn seine beiden Frauen wie jeden Morgen zur Türe.

„Bis heute Abend, Darling."

Garett gab Constanze einen zärtlichen Abschiedskuss und nahm seine Tochter noch einmal auf den Arm. „Ich komme nicht allzu spät heim, versprochen."

Die Belegschaft von Blackwood Germany feierte heute mal wieder einen erfolgreichen Abschluss. Und die Vertragsverlängerung von Teamleiter Garett Parker. Gestern hatte er unterschrieben, für fünf weitere Jahre. Hans-Gerd war äußerst erfreut darüber. Ebenso wie seine Schwiegereltern und seine drei Schwager. Nur seine Mutter war etwas traurig gewesen, als Garett ihr die, gemeinsam mit Constanze getroffene Entscheidung mitgeteilt hatte, so lange in Köln zu bleiben, bis Cathy in die Schule kommen würde.

„Bye Honey." Er küsste sie und reichte sie Constanze zurück. „Sag Bye Daddy", forderte diese Cathy auf und zwinkerte ihm dabei grinsend zu. Garett verdrehte schnaubend die Augen. Seine bezaubernde Tochter kannte für ihr Alter schon erstaunlich viele Worte. Mama, Oma, Ball, Nein, Keks, Auto, Pups, um nur einige zu nennen. Bloß Daddy hatte sie noch nie gesagt. Er war Da-Da. Nun ja, ein Mann konnte nicht alles haben und unabhängig davon war Cathy bis heute das größte Wunder seines Lebens. Die Schwangerschaft von Constanze war problemlos verlaufen, trotzdem hatten er und sie immer wieder mal gegen ihre alten Ängste ankämpfen müssen. Es war eine schwierige Phase in ihrer noch jungen Ehe gewesen, aber das war in dem Augenblick vergessen, als Cathy ihren ersten Schrei ausgestoßen hatte. Sie hatten beide hemmungslos geweint vor Glück.

Garett ging zum Gartentor, öffnete es und trat auf den Gehweg hinaus. „Bye, Daddy!", ertönte es da plötzlich hinter ihm.

Heaven!

Sein Herz schlug einen dreifachen Salto. Er schnellte herum und sah, dass Constanze genauso überrascht und erfreut aussah, wie er sich fühlte. Cathy hopste wild auf ihrem Arm herum und gluckste dabei vergnügt. Sie hatte Daddy gesagt! Garett legte den Kopf in den Nacken und lachte laut auf. Kein Zweifel, er war der glücklichste Mann auf Erden. Das Leben war wunderbar.

Die Autorin bedankt sich:

Zuallererst bei meinem wunderbaren Mann. Ein Fels in der Brandung, der mir immer mit Rat und Tat zur Seite steht. Was würde ich nur ohne dich tun?

Bei meinen Testlesern für all ihre Mühe und die hilfreichen Feedbacks.

Bei den Mitarbeitern des Tredition Verlags für die professionelle und nette Betreuung.

Ein besonders herzlicher Dank geht nach Köln zu meiner ehemaligen Arbeitskollegin Claudia, von deren Persönlichkeit ich einiges „klauen" durfte, für die Claudia in diesem Roman. Ich werde die Zeit mit dir nie vergessen. Was haben wir immer gelacht!

Für das wunderschöne Köln-Foto bedanke ich mich bei Günter Paßmann, dem etwas anderen Hobbyphotographen.

Und dann ist da auch noch Sarah, die Frau mit den magischen Händen, die sich immer so liebevoll um meinen schmerzenden Rücken kümmert, damit ich weiterschreiben kann.

Zeitfracht Medien GmbH
Ferdinand-Jühlke-Straße 7
99095 Erfurt, Deutschland
produktsicherheit@kolibri360.de